LIVRES NOUVEAUX

Qui se trouvent chez P. BLANCHARD et EYMERY, *rue Mazarine*, n_o. 30, *et au Palais-Royal*, *galeries de bois*, n_o. 249.

BEAUTÉS DE L'HISTOIRE DE FRANCE, par *Pierre Blanchard*. Quatrième édit. , revue et augmentée ; 1 vol. in-12 de 454 pages , avec 8 grav.— Prix , broché , 3 fr. Avec les fig. coloriées très-soigneusement , 4. fr.

BEAUTÉS DE L'HISTOIRE ROMAINE. 1 vol. in-12 de près de 400 pag. d'impression, orné de 8 belles grav. d'après les tableaux des meilleurs maîtres. — Prix , 3 fr., et fig. coloriées , 4 fr.

MERVEILLES ET BEAUTÉS DE LA NATURE EN FRANCE , *ou* Descriptions de tout ce que la France offre de curieux et d'intéressant sous le rapport de l'Histoire naturelle ; par *G.B. Depping*. Seconde édition , 1 fort vol. in-12 , avec gravures et cartes. —Prix , 4 fr.

DÉLASSEMENS DE L'ENFANCE, *ou* Lectures instructives et amusantes ; par *Pierre Blanchard*. Seconde édition, 6 vol. in-18 d'environ 1300 pag. , ornés de 24 jolies gravures. — Prix , 9 fr. , et avec les fig. coloriées très-soigneusement, 15 fr.

LA MYTHOLOGIE EN ESTAMPES , *ou* Figures des Divinités fabuleuses avec leurs attributs, d'après les monumens antiques et les peintres les plus célèbres , accompagnées d'un texte explicatif et assez étendu pour donner une connaissance de la Fable. 1 vol. in-8°. oblong, sur papier vélin, très-proprement cartonné. —Prix, 4 fr. ; et fig. coloriées , 6 fr.

LES LOISIRS DE L'ENFANCE ET DE LA JEUNESSE ; *ou* Historiettes amusantes et morales ; ouvrage trad. de l'anglais de Charlotte Smith , Priscilla Wakefield , et autres ; par M. Bertin. 4 vol. in-18, gros caractère, soigneusement imprimés , avec jolies figures et titres gravés.—Prix, 5 fr., et figures coloriées, 6 fr.

MODÈLES DES JEUNES PERSONNES. 1 vol. in-12, orné de 6 jolies gravures. — Prix, 2 fr., et gravures coloriées, 2 fr. 50 c.

MODÈLES DES ENFANS. Quatrième édition. 1 vol. in-18, orné de 5 nouvelles figures et d'un titre gravé. — Prix, 1 fr. 25 c. Avec figures coloriées, 1 fr. 50 c.

PETIT ROBINSON, ou les Aventures de Robinson Crusoé arrangées pour l'amusement de la Jeunesse ; par M. Henri Lemaire. Troisième édit. 1 vol. in-18, orné de 5 jolies figures et d'un titre gravé. — Prix, 1 fr. 25 c. Avec fig. coloriées, 1 fr. 50 c.

LE LA FONTAINE DES ENFANS, ou Choix de Fables de La Fontaine, les plus simples et les plus morales, avec des explications à la portée de l'enfance. 1 vol. in-18, orné de 6 figures. — Prix, 1 fr. 25 c. Avec fig. coloriées, 1 fr. 50 c.

L'AMI des PETITS ENFANS, ou les Contes les plus simples de *Berquin, Campe* et *Pierre Blanchard.* 2 vol. in-18, ornés de 8 jolies gravures. — Prix, 2 fr. 50 c. Avec figures coloriées, 3 fr.

LES PREMIÈRES CONNAISSANCES, à l'usage des enfans qui commencent à lire. 1 vol. in-18, imprimé en gros caractère, et orné de 5 jolies figures et d'un titre gravé. Seconde édition.— Prix, 1 fr. 25 c. Avec fig. coloriées, 1 fr. 50 c.

ABRÉGÉ DES ANTIQUITÉS ROMAINES. 1 vol. in-18 de 288 pages, orné d'un titre gravé et d'une carte pliée contenant 24 figures gravées au trait, lesquelles représentent les Magistrats, les Officiers, les Prêtres et les Citoyens dans leurs costumes. — Prix, 1 fr. 50 c.

LES ENFANS STUDIEUX qui se sont distingués par des progrès rapides et leur bonne conduite. 1 vol. in-18, orné de 6 jolies figures. — Prix, 1 fr. 25 c. ; et figures coloriées, 1 fr. 50.

La Lyre sacrée, *ou* Poésies morales et religieuses, extraites des auteurs les plus célèbres. 1 vol. in-18, fig. et titre gravé.—Prix, 1 fr. 25 c.

Le Jardin des Enfans, *ou* Bouquets de Famille et Complimens, etc. 1 vol in-18, orné d'un joli frontispice. — Prix, 1 fr.

Le Chansonnier du premier age, *ou* Choix de Chansons que l'on peut permettre aux Jeunes Gens des deux sexes, pour exercer leur voix. 1 vol. in-18, fig. et titre grav. — Prix, 1 fr. 50 c.

La Corbeille de fleurs, *ou* Complimens pour les Fêtes, Jour de l'An, et autres circonstances; à l'usage de l'Enfance et de la Jeunesse. 1 vol. in-18, fig. et titre gravé. — Prix, 1 fr. 25 c.

Récréations morales et amusantes, à l'usage des jeunes Demoiselles qui entrent dans le monde; par Mme. *Félicité de Choiseul-Meuse.* 1 vol. in-12, fig. — Prix, 2 fr.

La Mort d'Abel, traduction libre en vers du poëme de Gessner, par M. *Lablée.* 1 vol. in-18, imprimé sur carré fin, par Michaud frères, et orné de six jolies fig. — Prix br., 2 fr., et avec les fig. color., 2 fr. 50 c.

Cours de Grammaire française, par *J.-B. Lehodey*, Ex-Directeur d'École secondaire, et professeur de Belles-Lettres. 1 vol. in-12 cartonné. — Prix, 1 fr. 25 c.

Petite Grammaire des jeunes Demoiselles. 1 vol. in-12, parch. — 75 c.

Théorie des Langues latine et française, par M. *Buffet.* Seconde édition. 1 vol. in-12 parch. — Prix, 1 fr. 25 c.

Exercices latins, tirés des auteurs des derniers siècles de la littérature latine, à l'usage des classes inférieures; par M. *G B. Depping.* 1 v. in-12 parch. — Prix, 1 fr. 25 c.

Principes des Ecritures anglaise et française, divisés en quinze leçons, par *Alexandre Bourgoin*, et soigneusement gravés par *Lale.* Un

cahier in-8., avec une couverture imprimée.—
Prix, 1 fr. 25 c.

MÉTHODE D'ARITHMÉTIQUE ancienne et décimale,
d'après Bezout. 1 vol. in-12.— Prix, 75 c.

BIJOU DES ENFANS, *ou* Contes et Fables. Troisième
édition. In-64, orné de 4 jolies fig. — Prix,
75 c.; et avec fig. soigneusement coloriées, 1 fr.

PRIÈRES DE L'ENFANCE, pour le matin, le soir, et
les offices. In-64, fig. et titre gravé. Seconde
édition. —75 c. Rel. basane, 1 fr. 25 c. Maro-
quin, 1 fr. 80 c.

Jolis Abécédaires bien imprimés et ornés de
gravures soignées.

LE LIVRE DES PETITS ENFANS, Abécédaire simple
et facile, où les difficultés de la lecture sont
graduées de manière à les rendre moins sensibles.
1 vol. in-12, avec des fig. qui aident l'enfant à
mieux reconnaître les sons que forment les
lettres unies par syllabes et par mots. Seconde
édition. — Prix, br. et rog., 75 c. Avec fig. coloriées, 1 fr.

LES FLEURS ET LES FRUITS, Abécédaire et sylla-
baire, avec de petites leçons de lecture tirées
de l'Histoire des Plantes. Seconde édition.
In-12, orné de fig. — Prix, br. et rogné, 75 c.
Avec fig. coloriées, 1 fr.

L'ABÉCÉDAIRE DES PETITES DEMOISELLES, avec de
jolies fig. représentant leurs jeux les plus ordi-
naires. In-12, br. et rogné. — Prix, 75 c. Avec
fig. coloriées, 1 fr.

L'ABÉCÉDAIRE DES PETITS GARÇONS, avec des fig.
représentant leurs principaux jeux. In-12, br. et
rog. — Prix, 75. c. Avec fig. color., 1 fr.

L'ABÉCÉDAIRE DES CAMPAGNES. In-18, orné de 4
fig. coloriées. — Prix, 30 c.

ABÉCÉDAIRE à l'usage des Ecoles chrétiennes.
In-18, avec 4 fig. coloriées.—Prix, 30 c.

Derniers momens qu'Agathoclès
passe auprès de son Epouse.

AGATHOCLÈS,

OU

LETTRES

ÉCRITES DE ROME ET DE GRÈCE,

AU COMMENCEMENT DU QUATRIÈME SIÈCLE,

Traduites de l'allemand de Mme. PICHLER,

Par Mme. ISABELLE DE MONTOLIEU.

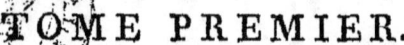

La vie n'est pas le premier des biens.
SCHILLER,

TOME PREMIER.

PARIS,

Chez P. BLANCHARD et EYMERY,
rue Mazarine, n°. 30.
Et Palais-Royal, galeries de bois, n°. 249.
AU SAGE FRANKLIN.

1812.

DE L'IMPRIMERIE DE J.-B. IMBERT.

NOTES EXPLICATIVES.

Rome avait cessé d'être la résidence des Empereurs à l'époque où commence ce roman, mais n'en était pas moins regardée encore comme la capitale du vaste Empire romain. Dioclétien, qui de l'esclavage s'était élevé à la dignité d'un des premiers officiers commandant la garde impériale, monta sur le trône après la mort de l'empereur Numérien. Il s'était associé son compagnon d'armes Maximien, pour gouverner l'empire. Maximien régnait sur les pays situés au couchant, et résidait à Milan; Dioclétien sur ceux situés à l'est, avait pour résidence Nicomédie. Peu de temps après, les deux empereurs trouvèrent nécessaire de s'associer encore deux co-gouvernans, sous le titre de *Césars*. Maximien s'associa Constance Chlore, père du grand Constantin, et Dioclétien nomma Galérius à la même dignité: ces deux césars furent regardés comme les fils adoptifs des deux empereurs. Ils furent obligés de se séparer de leurs épouses; Maximien donna sa fille à Constance, et Dioclétien de même unit Galérius à la sienne.

Ces quatre souverains se partagèrent les vastes possessions de l'Empire romain; Constance Chlore gouvernait les Gaules,

4

l'Espagne et l'Angleterre, connue seulement sous le nom de *Bretagne;* Galérius, les bords du Danube et les provinces d'Illyrie ; Maximien, l'Italie et une partie de l'Afrique ; Dioclétien, l'Egypte, la Thrace et les provinces asiatiques. Chacun de ces souverains jouissait de tous les droits de la souveraineté, et leur pouvoir réuni s'étendait sur toute la monarchie.

(Voyez l'*Histoire de la décadence de l'Empire romain*, par Gibbon, tome I.)

Quoiqu'il n'y ait aucun rapport entre le genre de cet ouvrage et *les Martyrs* de M. de Châteaubriant, comme il présente le même intérêt, la même catastrophe, que les mêmes personnages historiques sont en scène, nous nous croyons obligés de dire que l'Agathoclès allemand a été imprimé à Vienne l'an 1808, et que la première édition des *Martyrs* parut en 1809; ce qui suffit pour justifier madame Pichler de tout soupçon d'imitation.

[*Note du Traducteur.*]

AGATHOCLÈS,

OU

LETTRES

ÉCRITES DE ROME ET DE GRÈCE,

AU COMMENCEMENT DU QUATRIÈME SIÈCLE.

~~~~~~~~~~~~~~~~~~~~~~~~~~~~~~~~~~

LETTRE PREMIÈRE.

CALPURNIE PISONA A SULPICIE ARICIA.

Rome, décembre 300.

RIEN n'a donc pu te retenir, ma chère Sulpicie ? Tu as persisté dans ta très-bizarre idée de quitter Rome dans son plus brillant moment pour aller t'enterrer pendant cette saison orageuse et nébuleuse, dans ta villa de Bajaé, située au bord de la mer, et si solitaire ? Comment est-il possible de renoncer aux fêtes et aux réjouissances des Saturnales pour vivre dans la retraite, absolument seule ?.... Seule, Sulpicie ! Ah ! plût

aux Dieux que tu fusses seule ! Laisse
ignorer à tes ennemis et même aux
indifférens ce qui t'attire, au milieu de
l'hiver, dans cette solitude, et les charmes qui l'embellissent à tes yeux; mais
que tu m'en fasses un mystère, à moi
si bien accoutumée à lire dans ton cœur,
à en connaître chaque pensée , voilà
ce que je ne puis te pardonner. —
Crois-tu donc que j'ignore qu'avec un
seul mot je pourrais te dire tout ce qui
remplit ce cœur trop sensible , et l'histoire de ta vie , et le secret de ta retraite, et que si tu lis ma lettre en présence de celui qui si souvent est avec
toi , une vive rougeur te rendra plus
belle encore ? Mais , comme ce serait
te rendre un dangereux service, je m'y
refuse dans ce moment. Qu'il te suffise
de savoir que je suis au fait, et que ton
mystère est inutile. En vérité, tu es plus
fine que je ne te croyais, et l'amour est
un grand maître. Sous le prétexte des
soins que ta campagne exige, tu obtiens
de ton époux , non seulement la per-

mission de t'y rendre, mais encore des remercîmens ; et pendant qu'il est à Rome, ne pouvant se lasser de vanter sa femme, elle s'est procuré le moyen de voir tout à son aise le bien aimé de son cœur, sans craindre les importuns.

Sulpicie, non je ne veux plus plaisanter, cette affaire est trop sérieuse pour en parler sur un ton aussi léger. Comment n'as-tu pas pensé à quel point tu t'exposais? Comment as-tu fermé les yeux sur les suites de cette inconcevable imprudence ? Tiridate (le voilà ce mot magique !) Tiridate est beau, aimable, vaillant ; son illustre naissance et les malheurs de sa famille augmentent l'intérêt qu'il inspire ; et je conçois facilement combien il peut être dangereux pour une femme sensible, qui peut le comparer sans cesse à un homme qui ne lui ressemble guère ; je comprends donc fort bien que tu l'aimes et qu'il t'adore : rien de plus naturel ; mais ce que je ne comprends pas, c'est que, dans ta position, tu risques ainsi le

tout pour le tout. Qu'est-ce qui t'em-
pêchait de voir tous les jours le prince
d'Arménie dans ta maison ? Ton mari
s'honore de donner le nom d'ami au
favori de César Galérius , et il s'en
vante même, pour persuader que lui
et ses amis ont le pouvoir de soutenir
les projets du prince auprès des cours
de Milan et de Nicomédie ; et lorsque
Tiridate montera sur le trône de ses
ancêtres , tu verras que ton époux fera
sentir que , sans son crédit, rien de tout
cela ne serait arrivé. Qu'est-ce donc qui
t'a engagée à fuir ? Quelle raison avais-
tu d'aller à présent à Bajaé , où ta liaison avec Tiridate doit frapper bien
plus qu'à Rome même ? Tu sacrifies ton
repos domestique et ta réputation. Si
ton époux jaloux, semblable à tous les
hommes vains, apprend ce qui se passe
dans sa villa, (et combien cela n'est-
il pas probable , puisque tes serviteurs
en sont témoins !) ne sera-t-il pas furieux ? Et ne sais-tu pas qu'il en parlera
de manière à te rendre la risée de la

ville entière ? Tu perdras infailliblement
le pouvoir que tu as sur lui, seule base
de ta tranquillité ; et ton retour auprès
de lui te sera plus insupportable. Penses-
tu peut-être à t'en séparer ? Rien n'est
plus facile à Rome; mais ton père y
consentira-t-il, lui qui met tant d'orgueil dans son alliance avec la famille
des Anicius ? Et alors quelle perspective, quel avenir as-tu devant toi ?

Il est vrai que tu ne peux pas voir
Tiridate à Rome, ni aussi souvent, ni
aussi librement que ton cœur le désire.
Ton époux, ses amis, ta famille sont
souvent présens ; mais c'est aussi la
seule gêne que tu aies à redouter. Cette
contrainte, n'en doute pas, Sulpicie,
anime l'amour et le rend bien plus du-
rable, il ajoute mille charmes aux courts
instans de liberté.

Tu me taxes de légèreté, tu me nommes
l'*épicurienne*; et moi je te dis que tu ne
connais point la sagesse de cette science,
ou bien tu fermes volontairement les
yeux à la lumière. Une sage propor-

tion de médiocrité dans les jouissances, et de force pour renoncer à ce que nous aimons le plus, lorsque la raison l'exige : voilà ce qu'on apprend à l'école d'Epicure, qui n'est pas à beaucoup près aussi frivole que tu l'imagines : à ta place je ne serais point allée à Bajaé, je me serais refusé les plaisirs qui m'y attendaient, et cela par politique ; j'aurais préféré ne voir mon amant que plus rarement et avec moins de liberté, pour le voir toujours : entends bien que je ne parle point du grand avantage qui en serait résulté, que votre amour serait resté toujours neuf, toujours animé par les obstacles, le désir de les surmonter , et le charme du mystère.

Tu vois , ma chère Sulpicie, que je suis plus sage et plus prudente que tu ne le crois, et que cette légèreté dans l'esprit, et cette froideur dans le cœur, que tu me reproches à chaque instant, ne sont que l'effet de mes principes ; je te dirai même que je suis tout-à-fait stoïcienne. Tu rejettes à présent ces règles austères, pour moi je reconnais toute la vérité de cette maxime, qu'il faut se roidir contre le malheur et se procurer toutes les jouissances possibles, lorsque le sort cherche à nous les ôter, pourvu toutefois que notre tranquillité n'en soit pas troublée et que nos efforts pour atteindre le bonheur ne nous rendent pas plus malheureuses encore : et c'est là ce que je crains pour toi. Pour moi, si j'aime une fois, ce qui n'est point impossible, je ne suivrai pas l'exemple que tu me donnes, et, pour conserver mon amant, je sacrifierais même le plaisir de le voir.

Mais à quoi servent toutes mes représentations ? Que pourrait l'éloquence même de Cicéron contre la force des passions, dont je vois avec chagrin l'effet sur ma trop sensible amie. Ainsi, sans espérer que ma lettre puisse te convaincre, je me contente d'avoir rempli les devoirs de l'amitié en te donnant un avis salutaire, et en t'assurant en même temps que quelles que soient l'issue et la suite

des évènemens, mon attachement pour
toi sera toujours le même, que je trou-
verais mon orgueil à ne jamais t'abandonner, si tout allait mal, ce dont les
Dieux veuillent nous préserver, et que
toutes mes forces ne tendront qu'à
écarter de toi le malheur, ou à partager tout avec ma Sulpicie. Adieu.

~~~~~~~~~~~~~~~~~~~~~~~~~~

LETTRE IIme.

SULPICIE A CALPURNIE.

Bajaé, décembre 3co.

Tu n'aimes pas, Calpurnie, et tu n'ai-
meras jamais. — Ce peu de mots renferment le sens de ta lettre, et en même
temps la réponse à ce que ton amitié
prudente et sage me représente : je t'assure de ma tendre reconnaissance. Ne
crois pas, mon amie, que je méconnaisse
la vérité de tes principes, ou que je
doute le moins du monde de ton zèle et
de ton enthousiasme pour tout ce qui est

beau.—Tu as raison, tu me l'as prouvé
d'une manière irrésistible ; mais , quoique j'aie des idées opposées aux tiennes,
je n'ai pas tout-à-fait tort pour cela.
Nous voyons, chacune de nous, les circonstances de notre vie sous un point de
vue différent : nous agissons d'après nos
caractères ; enfin nous faisons, l'une
et l'autre , non ce que nous voulons,
mais ce que nous ne pouvons pas nous
refuser. Abandonnons , ma chère Calpurnie , la vanité d'agir d'après des
principes et un système dont nous
ne saurions nous glorifier, puisque c'est
la nature qui nous l'inspire. Nous ne
sommes rien que ce que les circonstances
font de nous. Tu es douée de légèreté, de
beaucoup d'esprit , et d'une si heureuse
proportion entre les forces morales et
physiques , que l'équilibre entre elles
ne peut être que rarement troublé et
facilement rétabli. En outre le sort t'a
fait naître au sein d'une famille puissante et riche. Les Pison n'ont besoin
d'aucun secours étranger. Ton père n'a

que deux fils , l'orgueil et les soutiens
de sa vieillesse , et toi , l'image vivante
de son épouse : il voit en toi sa chère
Sempronia ; il t'aime comme son enfant
et sa compagne ; jamais il ne te forcera à
un mariage que ton cœur réprouve , et
quoiqu'il désire que tu lui donnes un
troisième fils, il ne cherche point à te le
persuader. La nature et le bonheur t'ont
donc créée épicurienne : — oui, tu es née
écolière de ce sage , et non pas celle du
triste Zénon. Pour moi , je suis sous l'influence d'une mauvaise étoile : les malheurs et la chute de ma famille , les
chagrins de ma mère bien aimée , qui
supporta avec résignation les maux qui
l'accablèrent dans son intérieur , et le
despotisme avec lequel mon père gouvernait sa maison , d'après les anciens
usages de Rome, furent l'école à laquelle
je fus instruite. Je croyais trouver dans
les principes de Zénon la force nécessaire pour supporter mon sort ; mon orgueil tenait à l'idée de donner aux Dieux
le spectacle de la force avec laquelle je

surmontais le sort implacable , et je
suivis la volonté de mon père sans
trop de répugnance, lorsque, sans me
consulter, et seulement par considération pour ses autres enfans , il promit
ma main au fils d'Anicius : Serranus
Anicius devint mon époux , et je crois
qu'à peine lui avais-je parlé trois fois
auparavant, et jamais qu'en présence
de ma famille. Si je n'avais aucun attachement pour lui , j'avais au moins la
volonté et le désir bien prononcé de
remplir tous mes devoirs : les femmes
de l'antiquité, douées des vertus de
l'ancienne Rome, me servaient de modèles , je cherchais à leur ressembler ;
comme elles je vivais dans mon gynécée , entourée de mes esclaves , travaillant avec elles , et je puis assurer
avec vérité que , pendant les trois premières années de mon mariage, lui et moi
nous n'étions vêtus que de l'ouvrage de
mes mains , ou du moins de ce qui était
fabriqué sous ma surveillance. La joie
de mon père et l'estime sans bornes

de mon époux furent la récompense de
mes efforts : sa vanité, la seule passion
qui le dominait, se trouvait flattée par
la certitude de posséder pour femme une
vraie Romaine, qui se distinguait émi-
nemment de ses contemporaines. J'étais
contente, mais bien éloignée d'être heureuse.

C'est à cette époque que Tiridate vint
dans notre maison. — Laisse-moi passer
sous silence l'effet que produisirent sur
moi et sa figure et son sort : d'ailleurs tu
le sais déjà, puisque tu étais, la plupart
du temps, présente : mais ce que je ne
puis te taire, c'est que depuis ce moment j'éprouvai un changement général dans tout mon être. — Qu'il me soit
permis de me servir d'une comparaison
qui explique parfaitement mes sensations : j'éprouvais le même sentiment
que lorsqu'on sort des ténèbres au moment où les portes de l'Aurore s'ouvrent,
remplissant de lumière et de chaleur
tout ce qui n'était que froid et obscur
auparavant. En moi brûlait une flamme

vive et pure ; je savais ce que je voulais , ce qui m'avait manqué depuis si
long-temps , et ce que j'étais pour ce
monde. Cette passion m'a ouvert les
yeux sur ma triste existence : — et qui
pourrait m'empêcher actuellement de
croire aux opinions du divin Platon , et
d'être persuadée que j'avais rencontré
la seconde moitié de moi-même ? Qu'importe que Tiridate soit né sur les bords
du fleuve Araxe , et moi à Rome ? Nos
ames, qui se sont connues et aimées avant
de se rencontrer sur cette terre, se sont
retrouvées , et la mort seule peut les séparer. C'est dans cette foi inébranlable ,
— que dis-je ! — c'est dans cette persuasion intime que rien ne saurait affaiblir , que j'ai livré mon ame entière au
sentiment qui la domine ; et rien ne peut
m'engager à devenir , ou plus circons-
pecte , ou plus froide : loin de moi la
dissimulation et le mystère... Tiridate
ou la mort. Sans lui il n'y a pour moi ni
bonheur , ni vie , ni vertu. Que le monde
dise ce qu'il voudra ; que Serranus dé-

couvre mon secret au moyen des soupçons ou de la trahison, que lui et mon
père prononcent sur mon sort, cela
m'est indifférent. Le pêcheur de perles
estime-t-il sa vie lorsqu'il s'enfonce dans
les abîmes de la mer pour ramasser une
perle ? Craint-il les ondes au-dessus lui ?
Peut-il les éviter, s'il veut atteindre à
son but ?

Mais enfin que peut prétendre Serranus ? Que peut-il exiger que je ne veuille
à l'instant exécuter comme par le passé ?
Je resterai à la tête de sa maison avec une
fidélité à toute épreuve, je surveillerai
ses esclaves et leurs travaux, et son
avantage et ses intérêts me seront également chers :— voilà tout ce qu'il exige;
— ses désirs se bornent là.—Jamais il ne
demanda d'être aimé, — jamais je n'eus
d'amour pour lui.... jamais je ne l'aurais
pu. Son cœur n'éprouve aucun besoin :
de quoi donc aurait-il à se plaindre ? Je
ne manque à aucun de mes devoirs envers lui, j'ai la persuasion d'agir constamment de même; et ce qui m'assure

que mon commerce avec Tiridate ne s'é-
cartera jamais de la vertu, c'est que je
l'aime parce qu'il est vertueux; de plus
ne crains pas que je puisse être capable
de tromper Serranus. Le voyage de Bajaé ne fut point un prétexte, lui-même
m'y engagea (la présence d'un de nous
deux y étant absolument nécessaire), et
parce qu'il ne voulait pas s'absenter pendant les fêtes. Je partis donc, — et avec
plaisir : Tiridate était retenu à Gutéoli
pour des affaires. — Je ne me fais aucun
mérite de ce voyage, et ne voudrais pas
que Serranus y attachât plus de prix que
moi. — De cette manière tout reste entre
nous deux dans un jour clair et simple.

Mais en voilà assez sur moi, parlons
à présent un peu de toi, ma bonne amie ;
nous avons encore un petit compte à ré-
gler ensemble. Est-il juste que moi, à titre
d'amie, je confie à celle qui est plus jeune
les secrets de mon cœur, et que celle-ci reste
mystérieuse à mon égard ? D'où connais-
tu mes entrevues avec Tiridate ? Où as-tu
pris le pouvoir de tout savoir ? Dois-je

croire que, semblable à une fée de la Thessalie, rien n'est mystère pour toi ? Ne me crois pas aussi crédule, parce que je suis franche et ouverte. Veux-tu que je prononce aussi le nom d'un homme? Agathoclès, l'ami du prince d'Arménie, le fils d'Hégisippus de Nicomédie, si bien reçu dans votre maison depuis qu'il est à Rome (et je crois même qu'il loge chez vous). Son caractère est noble, son esprit original, et son cœur est enflammé d'enthousiasme pour tout ce qui est grand et vertueux. Etait-il possible qu'une belle Romaine, possédant tous les avantages que la nature et l'éducation ont pu lui donner, pût manquer d'obtenir le suffrage d'un homme qui se pique d'être un vrai connaisseur de tout ce qui est distingué? Il est trop aimable lui-même malgré son originalité, pour n'avoir pas su apprécier le rare météore qui se montre à lui dans tout son éclat; il aura commencé par de l'admiration, puis de l'estime, puis de l'amitié, puis enfin un sentiment plus vif et plus tendre. Ne rougis pas, Cal-

purnie, Agathoclès est digne de toi. De
retour à Rome, je te raconterai bien des
choses de lui que j'ai apprises de Tiridate,
mais qui ne peuvent être le sujet d'une
lettre. Adieu, ma chère Calpurnie, ne me
boude pas de ce que je ne puis devenir
et plus sage et plus prudente. J'espère
d'être bientôt à Rome, mes occupations
ici tendent à leur fin ; j'ai trouvé notre
villa dans un grand délabrement, suite
inévitable de l'absence continuelle du
maître, qui laisse tout aux soins des domestiques. Au reste j'ai pris des arrangemens qui plairont à Serranus, à ce que
j'espère, pour prévenir le désordre à
l'avenir, et dès que tout sera en règle,
je volerai dans tes bras. Adieu.

~~~~~~~~~~~~~~~~~~~~~~~~~~~~~~~~

LETTRE IIIme.

CALPURNIE A SULPICIE.

Rome, en janvier 3o1.

Si je pouvais être fâchée contre toi, je
l'aurais presque été de ta lettre ; mais les

1.   C

choses flatteuses que tu me dis à la fin,
m'ont un peu radoucie. Je ne te dirai
donc plus rien sur toi et ta conduite,
puisqu'il paraît que tu ne le veux pas,
et que d'ailleurs, dans ce moment, tu ne
pourrais pas m'écouter : ta raison est sous
l'empire de la passion. — Tout ce que je
me permets encore d'ajouter, c'est le
souhait le plus ardent que l'illusion dans
laquelle je te vois, à mon très-grand chagrin, finisse avant qu'il soit trop tard
pour ton repos.

Je vais donc te parler de moi et de l'ami
de notre maison. Comment as-tu pu croire
que je voulusse te cacher la moindre des
choses ? Je puis t'assurer que cette idée
n'est jamais entrée dans mon ame. Je ne
t'écrivis rien de lui, parce que je ne pensais
pas à lui, et que tu m'occupais trop, pour
m'attacher à un autre objet. Tu as raison
de lui donner le nom d'*original* et d'a-
jouter le titre d'*aimable* ; mais tu n'as pas
encore tout dit. Premièrement, sa figure
est plus noble et plus imposante qu'elle
n'est belle. En second lieu, sa manière

de se mettre est beaucoup trop simple,
je dirai même négligée, et jamais il ne
fera une profonde impression à côté de
cet essaim de jeunes élégans dont les par-
fums embaument l'atmosphère. En troisième lieu, sa philosophie et sa vertu ont
quelque chose de trop austère pour moi ;
aussi il n'est avec personne aussi bien
qu'avec mon père. J'aimerais que tu fusses
témoin lorsque ces deux républicains, ennemis jurés de la tyrannie, se laissent entraîner par le feu de leur conversation :
le contraste de leurs idées anime tellement
leur imagination ardente, qu'ils s'exha-
lent en plaintes amères contre les mœurs
et les usages du siècle, en vantant au plus
haut degré le passé. Alors le maintien de
notre ami prend une certaine teinte de
fierté mêlée de grandeur ; ses yeux s'a-
niment au point qu'ils étincellent ; son
visage, ordinairement pâle, se colore, et
sa bouche, qui sourit rarement, prend un
caractère si attrayant, que l'on est tenté,
dans ces instans, de douter de ses propres
yeux, tant il est différent de lui-même ;

et d'être d'accord avec tous ses principes !
mais ce n'est que comme un éclair ; et du
moment que l'on a le temps de réfléchir
sur ce qu'il avance , on apprécie alors
au juste ses paroles. Du reste, je le connais
très-peu , car jamais il ne me parle : je
suis trop au-dessous de l'idéal de perfection féminine qui l'occupe sans cesse.
La première impression que j'ai faite sur
lui doit avoir été fort à mon désavantage.
Mon père me présenta à lui dans un moment où je me trouvais assez négligem-
ment vêtue ; un délicieux conte millésien
m'était tombé entre les mains, je l'avais
lu en entier au lieu de m'habiller , et je
lisais encore lorsqu'il entra. — Quelle
différence de moi à ces respectables ma-
trones de l'antiquité ! — Quel crime à ses
yeux ! Comment est-ce qu'une jeune personne aussi légère , aussi frivole aurait
pu lui plaire? Quel dommage, Sulpicie,
que ton cœur soit engagé ! c'est l'amant
qu'il t'aurait fallu, et je ne te l'aurais
pas envié.

J'ai observé quelque chose en lui qui

me ferait de la peine si je l'avais bien
jugé ; car, malgré toutes ses singularités,
c'est un homme de mérite. Il paraît avoir
un chagrin renfermé dans le cœur :
l'idée affligeante qu'il a du monde, son
dégoût très-prononcé pour les plaisirs
et pour la jeunesse, ne peuvent être de
l'essence d'un jeune homme né au sein
du bonheur. Plusieurs remarques que
j'ai faites encore me confirment dans mes
conjectures. Si elles sont justes, je le
répète , cela me ferait beaucoup de
peine. Tâche de découvrir la vérité par
Tiridate, et réponds-moi avant de quitter Bajaé.

LETTRE IVᵐᵉ.

AGATHOCLÈS A PHOCION.

Rome, en janvier 3or.

JE suis à Rome ; et si je ne t'ai pas
écrit depuis quinze jours , veuille ne
l'attribuer qu'à la nouveauté des objets
qui m'entourent, et à l'effet qu'ils ont

3

produit sur moi. Je n'ai point trouvé ici
la gaîté qu'on me promettait à Nicomédie, et Rome est peut-être l'endroit le
moins propre à me guérir. —Suis-je en
effet malade ? On se l'imagine, parce
que je ne puis pas vivre comme mes alentours. Leurs travers me rendent singulier à leurs yeux, et leur folie est insupportable aux miens : ce n'est point
que j'exige l'impossible ; mais c'est que
la vérité, la vertu, l'ordre et les mœurs
leur paraissent trop difficiles ; c'est la
principale cause de nos disputes. On peut
dire que c'est le siècle qui *est malade*, et
non point celui qui a le courage de le
dire d'après son intime conviction et
les preuves authentiques qui nous res-
tent du passé : comment donc pourrais-
je vivre parmi eux et m'y plaire ?

Pour ne point abuser de ton temps,
je passerai sous silence mon voyage. Il
te suffira, sans doute, de savoir que je
suis arrivé à Rome avec l'esprit plus
tranquille. Ma longue navigation, l'immensité de la mer, la contemplation

continuelle des astres avaient agrand
mes idées et les avaient portées au-delà
de ce monde. Toi l'instituteur de ma
jeunesse, toi qui connais si bien les sensations de mon ame, tu comprendras
quelle singulière impression j'éprouvai
lorsque notre vaisseau entra dans l'em-
bouchure du Tibre, et que je touchai au
moment de voir les lieux même où s'é-
taient passées ces grandes scènes dont le
récit m'avait si vivement ému ; mon cœur
battait avec force : c'est ainsi que j'ar-
rivai à Rome. Je crus voir planer au-
dessus du Capitole les mânes de nos illus-
tres ancêtres : par-tout je ne voyais que
souvenirs. Mon conducteur me mena, à
travers les rues remplies de monde,
dans la maison de notre ami Lucius
Pison. Je passais devant nombre de statues, je foulais à chaque pas le sol qui
avait été témoin de mille actions sublimes, et mon cœur était saisi d'un saint
respect. Je pris la ferme résolution de
parcourir ces lieux le plus tôt possible.
Arrivé au portail de la maison, je fus

4

reçu par une foule d'esclaves richement
habillés : on me fit entrer dans le vesti-
bule. Les statues des membres de la
famille des Pison , dont plusieurs, vraiment remarquables , étaient rangées
dans ce salon ; leur présence auguste
me fit paraître le temps beaucoup moins
long; car je m'aperçus au cadran so-
laire que l'on me faisait attendre depuis
long-temps. Enfin , arriva un esclave
d'une figure charmante , parlant très-
bien le grec ; il me conduisit à travers
une quantité d'appartemens somptueux
et ornés de vases , de peintures , de
tableaux et de statues , et me fit entrer
dans le cabinet de Lucius Pison. C'est
un homme rare dans son espèce ; quoique vieillard déjà , il est encore vigou-
reux, rempli d'esprit et de noblesse.—
Il ne se montre jamais mieux que lorsqu'il est éloigné de la magnificence qui
l'entoure , et cachant soigneusement
la supériorité de son esprit. Le père m'a
plu infiniment mieux que ses fils : ce
sont des jeunes gens qui ne sont pas dé-

nués de mérite, comme ceux dont j'ai
fait la connaissance dans cette maison;
mais ce siècle n'a pas moins beaucoup
influé sur eux, en sorte qu'ils sont moins
estimables qu'ils n'auraient pu l'être.
Avant le souper je fus présenté à la fille
de Pison. — De par tous les Dieux, c'est
une personne charmante : la voix de la
renommée avait excité toute ma curiosité, et je trouvais sous tous les rapports bien plus que je ne m'y attendais.
Un attrait irrésistible, et dans sa figure
et dans son commerce , entraîne en
dépit de la raison; car il est difficile d'a-
voir plus de travers dans l'esprit et plus
de légèreté dans les principes. Fille
d'une des premières maisons de Rome,
Calpurnia Pisona, la fille du respectable
Lucius, ressemble par ses vêtemens et
ses alentours à une courtisanne, et cependant elle ne se permet jamais la moindre chose , soit dans ses manières, soit
dans ses propos , qui puisse blesser et la
bienséance et la modestie.

La personne qui me plairait incon-

testablement le mieux d'entre toutes les
connaissances que j'ai faites à Rome,
serait Sextus Sulpicius, si une expression de dureté, et même, je crains de le
dire, d'avarice, ne se peignait sur sa
physionomie : il a sacrifié son aimable
fille sans consulter son bonheur, et seulement pour satisfaire son ambition. On
dit que Sulpicie est belle, vertueuse et
très-malheureuse d'être unie à un vil
débauché de la famille d'Anicius. — Je
me réjouis de faire sa connaissance,
notre ami Tiridate est aussi le sien ; je
n'ose approfondir s'il est davantage,
pour ne pas perdre l'estime qu'elle
m'inspire.

J'ai déjà écrit deux fois à mon père,
une fois de Corinthe, par le retour d'un
bâtiment, et la dernière fois de Rome. Je
ne mettrai jamais de côté le respect que
je lui dois à titre de fils. Du reste, je ne
puis rien faire de ce qu'il attend ; je ne
puis vivre ni agir comme lui, parce qu'il
m'est impossible de penser et de sentir
à sa manière, et que le bouleversement

total d'un être fort de sa vertu et de ses
principes ne saurait être l'ouvrage de
la contrainte. Les circonstances , le
temps et la séduction peuvent produire
quelque effet ; mais là où la conviction
est inébranlable comme l'est la mienne,
il ne peut rien espérer, et je n'ai rien
à craindre. Il m'a renvoyé de Nicomédie
pour apprendre dans d'autres pays que
mes idées sont romanesques, mes prétentions à l'égard de l'humanité trop
exigeantes , et mes principes du bien
public trop exaltés. J'ai obéi.— Permets
que je t'avoue qu'il ne m'en a pas coûté
beaucoup ; car une voix secrète en moi
me disait qu'un père et un fils ne doivent pas penser si différemment ; et
que dès que ce malheur arrive ils
doivent se séparer. Mes idées resteront
éternellement les mêmes , et Rome n'y
apportera aucun changement. — Je ne
puis assez te dire combien cette ville et
ses habitans me déplaisent, et je crois
volontiers ce que m'a dit Tiridate (le
seul être avec qui j'aime à parler dans

ce gouffre de vices et de folies) , que
c'est précisément le contraste du temps
passé, qui se montre avec tant d'audace
dans les descendans de leurs dignes
ancêtres, qui augmente encore mon
aversion pour eux. — Non ¡vraiment,
Phocion, mon père n'aurait pas dû
m'envoyer à Rome.

A tout prendre cependant, je ne suis
pas mécontent d'être ici. J'étudie beaucoup, je gagne en expérience, je vois
plusieurs monumens qui attestent les arts
et les heureux temps qui ne sont plus, et
j'ai le plaisir de cultiver la connaissance de
nombres d'hommes lettrés. Mes heures
sont partagées entre l'exercice du corps
et de l'esprit, les jouissances et l'appli-
cation ; et tu sais que je n'ai besoin que
de liberté et de loisir pour être content.
— C'est tout ce que l'homme peut et doit
désirer. Chacun n'est-il pas aussi heureux
qu'il croit l'être en effet ? Si par fois des
idées sinistres s'élèvent dans mon ame,
c'est à la force d'esprit à les chasser.
L'homme n'est pas né pour être heureux,

son but est d'être vertueux et bon ; n'oublions jamais cela, attachons-nous à cette grande idée, et supportons avec courage ce que le sort nous réserve.

~~~~~~~~~~~~~~~~~~

LETTRE Vme.

DU MÊME AU MÊME.

Rome, en février 3o1.

Tu me mandes que mon père a été malade, et qu'il est convalescent, grâce aux Dieux, qui conduisent, qui dirigent notre sort. J'aurais éprouvé un bien grand chagrin de ne pas le voir encore une fois dans les derniers momens de sa vie, pour recevoir sa bénédiction et son pardon. — Il est mon père, et, malgré tout ce qui nous sépare, la nature ne renonce jamais à ses droits imprescriptibles, et je sens avec joie sa guérison. Tu parais être surpris de ses manières pendant sa maladie, non pas moi : sa philosophie est semblable à celle de bien des hommes de notre temps ; elle n'est point l'effet de ses principes, mais la suite de son aisance. Il a juré d'offrir un trépied au temple de Delphes, et un coq à son médecin, lui qui envisageait les Dieux et leur culte comme une absurdité, et seulement comme un moyen de retenir le peuple dans l'espérance et la crainte. Ce qu'il a fait sera imité par des millions d'hommes. C'est une preuve de la dépravation de ces temps ; on foule aux pieds ce qui était sacré pour nos ancêtres, tandis que l'on ne trouve rien pour le remplacer. Quelle que soit l'opinion du peuple pour les Dieux, il faut la lui laisser tant qu'on n'a rien de mieux à lui offrir. L'éclair de lumière que les philosophes nous ont montré au milieu des ténèbres qui nous environnent, est bien quelque chose, mais c'est trop peu pour l'esprit ardent qui voudrait étancher la soif dont il est dévoré. Une partie de mes chagrins est de me sentir dans cette nuit obscure ; je médite, je combats, je cherche, au point que mon imagination et mon intelligence sont fatiguées à mourir, je tombe dans un vague désespérant, je me dis qu'une foule de grands hommes de l'antiquité qui ont passé leur vie à réfléchir sur ces objets, n'en savaient pas plus que moi ; et cette pensée jette mon ame dans un abattement léthargique jusqu'à ce que de nouveaux doutes reviennent la troubler.

Si seulement une passion quelconque, un objet digne de l'ambition, l'amour, ou seulement l'amitié, pouvait fixer et donner à ma volonté une marche sûre, et offrir à mon courage un but raisonnable ! Toi qui me connais, qui me comprends, tu es loin de moi. — Je suis seul ici. — Tiridate est sans doute très-aimable, et je crois que si nous nous étions connus antérieurement nous serions devenus amis. Ce qui nous sépare maintenant, ce qui empêche notre liaison intime, ne repose pas autant sur notre intérieur que sur les apparences extérieures. Sur tout ce que l'homme chérit et estime le plus, sur tout ce qui est saint et sacré, nous pensons de même. Mais l'heureux fils d'un roi, accoutumé à la magnificence orientale de la cour de Dioclétien, en faveur auprès de César Galérius, élevé dans l'espoir de monter sur le trône de ses ancêtres, ne peut pas voir les hommes et la vie sous le même point de vue que le fils obscur d'un simple particulier ; nos circonstances, notre éducation nous ont placés dans des positions trop différentes pour devenir *amis* : nous nous aimons beaucoup, mais ce n'est pas assez pour mon cœur ; et le sien non plus ne saurait être satisfait, puisqu'il lui manque ce qui est actuellement l'objet de ses plus ardens désirs. Il aime Sulpicie, ... malheureuse il est vrai, mais jusqu'ici vertueuse.

J'apprends tous les jours à mieux connaître Calpurnie, et à chaque instant son caractère se développe sous le point de vue où il s'était présenté à moi dès le premier moment. Elle n'est pas sans mérite, mais d'une légèreté incompréhensible, au point que le grand et le beau, tout comme le ridicule et le commun, lui servent également de jouet lorsqu'elle

est en train de persifler. Nous sommes
continuellement en dispute et nous pa-
raissons nous haïr ; cependant je sais, à
n'en pouvoir douter , que nous nous
estimons réciproquement , mais — que
jamais nous ne nous rapprocherons.

Tu voudrais que je cherchasse à me
placer, ô Phocion ! L'envie de chercher
des places honorables , tandis que tout
est corrompu et que les liens les plus
sacrés sont détruits, ne peut naître que
dans une ame vaine ou intéressée : l'amour
de la patrie n'est qu'un mot vide de sens,
et travailler au bien général est une chimère lorsqu'on dépend de la volonté ar-
bitraire d'un maître. — Quel sera mon
avenir ? Sur quoi porter mes espérances
et mon activité ? Le présent est nul pour
moi, le passé n'existe plus : mon enfance et ma première jeunesse ont été
flétries par les coups de l'adversité. Non,
Phocion, je ne suis pas heureux , je me
sens accablé de mille peines , et je suis
forcé d'avouer que la source de mon
malheur vient moins du sort que de moi-

même. A ma place, des milliers d'hommes seraient contens : mais je porte en moi des principes, des idées, des prétentions qui ne vont plus avec ce qui m'entoure ; je suis en guerre continuelle avec la réalité, et elle ne se venge que trop de celui qui la dédaigne. — Que dois-je faire, et m'est-il possible de me métamorphoser ? Ah ! que le sort ne m'a-t-il accordé une portion de cette légèreté avec laquelle la séduisante Calpurnie sait glisser sur les désagrémens de cette vie ! Accablé de mes sombres idées, dans la nuit obscure du passé, j'entrevois quelquefois une image chérie qui me sourit avec douceur, mais elle disparaît aussitôt et me laisse mille fois plus malheureux encore. — Je veux t'en parler, Phocion, ce doux souvenir soulagera quelques instans mon ame oppressée.

Lorsque j'étais encore enfant, et long-temps avant que mon père m'eût confié à tes soins, demeurait à côté de nous Timantias, un noble citoyen de Nicomédie, revêtu d'une des premières charges de

l'Etat; mon père et lui étaient amis,
comme on l'est généralement, et ses enfans étaient nos camarades de jeux. Je
tenais de ma mère, qui mourut à la fleur
de l'âge, une constitution faible et une
humeur douce et tranquille qui m'empê-
chait de prendre part aux jeux fatigans
auxquels mes frères se livraient avec les
fils de Timantias. Sa fille unique, Larissa,
restait alors avec moi, son cœur sensible trouvait du plaisir à ne pas m'a-
bandonner; elle jouait avec moi, ou bien,
avec sa bonté irrésistible, elle tâchait
d'engager les autres à choisir des jeux
moins fatigans. C'est ainsi qu'elle me
soignait, qu'elle m'aimait et qu'elle rem-
plissait mon cœur de la plus tendre reconnaissance, et d'un attachement qui
s'augmenta avec les années. Nous n'é-
tions plus enfans; mais notre amour réciproque conserva toute la pureté, toute
l'innocence de l'enfance avec tout le
feu, toute la vivacité de la jeunesse.

Ce fut alors que le sort, comme un ennemi cruel, vint nous séparer. Timantias

fut accusé d'un crime d'état ; je n'ai jamais
su s'il était vraiment coupable, ou si ses
grandes richesses tentèrent le proconsul
Sisenne Statilius, et furent le motif de
cette accusation ; il fut jeté dans un ca-
chot. Mon père rompit tout commerce
avec sa famille, je ne pus voir Larissa
qu'en secret ; nous nous donnions ren-
dez-vous près de la haie qui séparait nos
jardins, et cette contrainte et ce mystère,
et les chagrins de ma jeune amie, aug-
mentèrent encore notre inclination mutuelle.

Enfin, après quinze jours de déten-
tion, Timantias fut exilé avec sa famille,
quoiqu'il eût, dit-on dans son jugement,
mérité la mort ; tous ses biens furent
séquestrés : Sisenne Statilius acheta sa
maison à un très-bas prix, et mon père
entretint le même commerce d'amitié et
de voisinage avec ce nouveau possesseur ;
mais il lui fut impossible de me persuader de retourner dans cette demeure,
où chaque place me retraçait ma chère
Larissa. Cette *opiniâtreté* de ma part,

ainsi qu'on se plut à nommer ma fermeté, fut la première cause de la divi-
sion qui se glissa entre mon père et moi.
Depuis lors, Phocion, huit années se
sont écoulées sans qu'il ait été possible
de découvrir la moindre chose du sort
de Timantias et de sa famille; j'ignore
encore à ce moment si Larissa est heureuse, si elle m'a conservé sa foi, ou si
elle a donné son cœur et sa main à un
autre. Que dis-je, hélas! j'ignore si elle
existe encore, et j'en doute, puisqu'elle
ne m'a pas donné de ses nouvelles :
l'amour sait braver tous les obstacles et
trouver tous les moyens; cependant il
aurait dû aussi me faire découvrir la retraite ou le destin de Larissa : et toutes
mes perquisitions ont été inutiles; mais
son souvenir est gravé au fond de mon
cœur, et ne s'en effacera jamais, quoiqu'il
ne me reste aucune espérance. Adieu,
Phocion, plains ton malheureux élève.

~~~~~~~~~~~~~~~~~~~~~~~~~~~~

LETTRE VIme.

CALPURNIE A SULPICIE.

Rome, février 3o1.

Ton séjour à Bajaé et ta longue absence me deviennent insupportables; j'ai tant de choses à te dire, à te raconter ! je suis obligée d'avoir recours à la plume, moyen bien faible pour exprimer ce qu'on sent : que de mots qu'on n'articule pas, et qu'une amie entend également ! un instant de présence réelle vaut mieux, à mon avis, que dix lettres.

Serranus commence aussi à s'impatienter de ta longue absence; il n'ignore pas, il est vrai, que tu as trouvé bien des occupations, et que l'état de votre ville est pire que vous ne l'aviez supposé; cependant il pense que tu devrais avoir achevé de mettre tout en ordre, et que s'il reste encore quelque chose à finir, on pourrait le faire une autre fois. Serranus est, je t'assure, le plus excellent

des maris; il sait que tu as vu souvent
le prince d'Arménie à Bajaé, et il se ré-
jouit de ce que tu n'as pas été tout-à-
fait seule; il t'estime trop, Sulpicie,
pour croire que ta liaison avec Tiridate
soit autre chose que de l'amitié. Hier il
vint chez moi pour se plaindre de ton
absence, nous parlâmes beaucoup de
toi; il veut t'écrire pour te prier instamment d'accélérer ton retour; il trouve
que sa *bonne* Sulpicie lui manque par-tout.

Tu me manques aussi plus que je ne
puis te le dire; il s'est fait en moi un
changement dont j'aimerais à te parler:
je ne suis plus ce que j'étais lorsque tu
m'as quittée, je vois tout sous un nouveau jour, je m'en afflige; et cependant
je ne puis désirer que ce changement
ne fût pas arrivé. Pourrais-tu le croire,
Sulpicie? je suis devenue silencieuse, je
puis, pendant des heures entières, réfléchir profondément sur des choses qui me
faisaient rire aux éclats auparavant.
Je ris rarement à présent, très-rare-
ment, et souvent je trouve du charme

à ce qui me paraissait ridiculement exalté
lorsque j'étais encore la vive et insou-
ciante Calpurnie d'autrefois : j'attribue
cette disposition nouvelle aux personnes
que je vois. Que l'on se garde de nier
cette influence qui agit d'une manière
invisible, et de croire que l'on puisse
échapper à son empire. Lorsqu'on habite
un pays étranger, ne prend-on pas insensiblement, et sans presque s'en aper-
cevoir, les mœurs, les modes, les usages,
et même le dialecte de ceux avec qui on
vit? Ainsi nous imitons de même les idées,
les vues, et le genre de conversation des
amis que nous fréquentons habituelle-
ment, et ce n'est qu'après quelque
temps que nous nous apercevons du
changement qui s'est opéré, et que nous
sommes surpris de ne plus nous retrouver. Agathoclès ne sourit pas, Sulpicie,
Agathoclès est très-souvent avec moi,
nous causons ensemble sur divers sujets
intéressans, auxquels il me semble que
je n'avais jamais pensé deux minutes,
et dont je puis parler des heures en-

tières, et mon amour-propre féminin
m'induirait bien en erreur, s'il ne trouve
pas autant de plaisir dans nos entretiens
que j'en éprouve dans sa société. Ce plaisir mutuel qui nous entraîne à nous
chercher, à parler ensemble, ne tien-
drait-il point seulement à une espèce de
surprise de trouver de l'accord dans nos
façons de penser, et des rapports dont
nous ne nous doutions pas? Dans les commencemens, il paraissait qu'il y avait
une différence totale dans nos caractères
et dans nos opinions; à présent j'ai la
preuve incontestable que nous pensons
à peu près de même sur la plupart des
choses : il s'élève bien de temps en temps
une légère dispute, mais elle ne fait qu'a-
nimer la conversation et l'échange de nos
idées; elle ne dérange point notre harmonie, et nous en revenons bientôt aux
mêmes résultats. Agathoclès est à son
aise depuis qu'il s'est dégagé de sa pru-
derie apparente, il en est cent fois plus
aimable; il lit et déclame on ne peut
mieux : mon plus grand plaisir est de

E

me faire réciter par lui les passages les
plus intéressans de nos poètes, qu'il sait
tous de mémoire; il m'arrive bien quelquefois de déclamer avec lui, car tu sais
que cette étude et ce talent furent de
tout temps mon amusement favori; et
puis ma vanité n'est pas sans récompense :
je vois ou plutôt je sens que la lectrice
l'intéresse plus que le poète, et plus il est
sévère, et plus j'ai de plaisir à voir fondre
cette glace sous les doux rayons de l'amitié ; de l'*amitié !* fais bien attention à ce
mot, Sulpicie, c'est bien ce que je veux
dire, et je ne m'en sers pas pour voiler
le mot d'*amour* : il ne peut y en avoir entre
nous, puisque je suis sa confidente. Je
sais que son cœur, comme il convient à
un être exalté, appartient en partie à
l'humanité entière, et le reste de ses
sentimens, bien purs assurément, à une
image gravée dans ce cœur fidèle depuis
son enfance, et qui le rend insensible
à tous les charmes des autres mortelles.
Je sais déjà beaucoup comme tu vois,
aussi n'ai-je pas eu besoin d'attendre

ton retour, et les informations auprès de
Tiridate ; j'ai cherché à pénétrer son secret par un moyen plus noble et plus
doux, celui du vif intérêt que je lui ai
témoigné. J'ai découvert qu'un chagrin
oppressait son cœur, et il ne l'a point
fermé à l'amitié compatissante. Son mé-
contentement du temps présent, ses
craintes sur l'avenir, sa tristesse sur le
passé ne sont plus le sujet de nos entretiens, encore moins celui de mes saillies.
Depuis que je sais le genre d'intérêt que
mon ami prend à ce passé tant regretté,
je n'en parle plus qu'avec un ton sérieux
et plein de dignité, et je vois enfin avec
joie les nuages qui obscurcissaient son
front, se dissiper, et ses yeux m'exprimer amitié et reconnaissance ; il m'a
même parlé, mais avec retenue, de la
désunion qui règne entre son père et lui ;
j'ai respecté sa discrétion, et je n'ai pas
insisté pour en savoir la cause, quoique
j'aie lieu de croire qu'il aurait volontiers
confié à son amie tous les secrets dont il
est maître et qui le regardent seul.

E 2

J'aurais bien aimé connaître cette personne qui a embelli son enfance, attaché
sa jeunesse, et qu'il ne peut oublier.
Elle n'était point belle à ce qu'il dit,
mais très-intéressante, bonne, sensible
et parfaitement aimable : cela va sans
dire quand c'est l'amant qui trace le por-
trait; je crois même que je puis conclure
qu'elle était décidément laide, puisqu'il
est forcé de convenir qu'elle n'était pas
belle, mais qu'importe? elle était aimée
et elle l'est encore. Ils furent intimement
liés dans leur enfance, et cette liaison con-
tinua jusqu'à la dix-huitième année d'A-
gathoclès; elle en avait quinze ou seize :
depuis lors il ne l'a pas revue, et il y a
huit ans qu'ils sont séparés. Huit ans!
Sulpicie, peux-tu concevoir qu'un jeune
homme conserve aussi long-temps une
impression d'enfance, qui durera sans
doute éternellement, et sera le type avec
lequel il jugera toutes les femmes? Cela
pourra fort bien lui nuire pour le choix
d'une épouse, ou lui être utile, si tu
veux; car il n'en sera que plus prudent;

il étudiera long-temps une femme pour
lui découvrir quelque rapport avec celle
qu'il aimait, et pour lui cela sera difficile. J'aime fort qu'un jeune homme ait
dans son cœur un idéal de grandeur,
de dignité, de vertu, qui lui serve à
juger le monde : l'un et l'autre y gagnent ;
car il ne fera jamais rien de commun,
il ne sera jamais un être ordinaire, et
s'il rencontre des ames semblables à la
sienne, elles s'électriseront mutuelle-
ment, et deviendront ensemble capables
des plus belles actions : n'importe si c'est
l'idéal d'un homme célèbre, d'un héros
comme Miltiade le fut pour Thémis-
tacle, ou celui d'une femme aimable,
l'effet est toujours le même.

Tu peux juger après cela du calme de
mon ame, et que j'envisage ma position
et celle d'Agathoclès avec une vraie *philosophie*; passe moi ce mot, il exprime
précisément ce que je veux : la philosophie n'est-elle pas l'amour de la sagesse,
et ne doit-on pas regarder comme sage
celui qui s'efforce d'avoir une idée juste

3

des choses et des hommes, de les consi-
dérer dans leur vrai point de vue, d'exa-
miner et les rapports et les différences
qui existent entre eux, ce qui doit ou en
rapprocher ou en éloigner : cela seul mène
à la tranquillité, et la sagesse ne peut
exister dans une ame agitée et incer-
taine. D'après cette définition, qui me
paraît assez juste, il s'agirait de décider
auquel appartient le plus le titre de phi-
losophe, à celui dont l'ame passionnée se
jette toujours dans les extrêmes, qui
voit le monde dans un combat perpétuel
entre la vertu et le vice, qui supporte
tout péniblement, parce que rien ne se
trouve d'accord avec ses principes austères et ses opinions exagérées, qui hait
le monde où il est appelé à vivre et les
hommes dont il ne peut se passer : ou de
nous autres femmes, légères, enjouées,
qui ne donnons pas plus de prix aux
choses de ce monde qu'elles n'en méri-
tent, qui ne nous laissons émouvoir ni par
les passions, ni par les préjugés, qui dé-
chirons le voile des illusions, et voyons

l'homme ce qu'il est réellement, un nain qui voudrait passer pour un géant, un enfant qui ne sait ni ce qu'il veut, ni ce qu'il dit, et se laisse entraîner par les circonstances, et qu'il est si facile de sub-juguer lorsqu'on ne se laisse pas subju-guer soi-même.

Je vais à présent te rendre un passage de ta lettre, qui m'a beaucoup chagrinée : *abjurons l'orgueil des systèmes*, m'as-tu écrit, *nous ne sommes point ce que nous voulons, mais ce nous pouvons.* Moi, je te dirai, au contraire, ne cherchons point d'excuses dans notre incapacité, sur-tout lorsqu'il est question d'agir. — *Que de fois il arrive*, dit le grand Sénèque, *que ne pas pouvoir sert d'excuse à ne pas vouloir!* Je l'avoue donc, ma chère Sul-picie, qu'Agathoclès pourrait être dan-gereux pour moi et pour mon repos, si je n'avais pas une volonté ferme et posi-tive de résister de toutes mes forces : *je le veux* et *je le pourrai*. Je t'ai parlé comme je sens, pourquoi devrais-je me taire et rougir du penchant qui m'attire vers le

meilleur des hommes? Mais c'est précisément parce que je sens ce penchant et
que j'en conviens, que je m'observerai
avec soin, ainsi que celui que j'aime. Ni
l'amour ni la passion ne doivent dominer un caractère tel que le mien, m'entraîner au-delà de mes résolutions, et
troubler ma douce tranquillité : estime,
amitié, confiance, commerce vertueux
et libre avec un aimable ami, voilà tout
ce dont j'ai besoin pour être heureuse.
Je cherchais ce bonheur, je l'ai trouvé,
et je saurai le conserver. Adieu.

LETTRE VIIme.

SULPICIE A CALPURNIE.

Bajaé, février 3o1.

QUE dois-je te dire, ma chère Calpurnie? faut-il admirer ta gaîté, envier
ton bonheur, ou bien avoir pitié de tes
prétentions insensées et de ton erreur ?
Tu aimes, tu restes en présence de l'ob-

jet aimé, et tu crois pouvoir comprimer à ton gré tes sentimens et leur prescrire des bornes! De deux choses l'une, ou tu te trompes toi-même (car je ne croirai jamais que tu trompes ton amie), ou tu sortiras trop tôt de ce sommeil trompeur, ou.... tu es la personne la plus heureuse qui ait jamais existé. Tu dis que tu sais par cœur nos auteurs tragiques ; tu connais donc ce passage : *Je crains les Dieux lorsqu'ils nous sont trop propices* (1).

Je l'ai bien prévu d'après ce que Tiridate m'a dit d'Agathoclès, que, malgré le contraste qui existe entre vous, et peut-être même par cette raison, vous vous rapprocheriez ; mais je n'aurais jamais imaginé que tu continuerais à jouer avec le sentiment qui t'entraîne vers lui, et que tu conservasses l'espérance de le diriger à ton gré. Que penses-tu donc de l'amour? quelle est l'idée que tu t'en formes ? Puisse la voix d'uné

_____

(1) *Les Troyennes*, tragédie de Sénèque.

amie malheureuse avoir encore la force
de te donner un avis salutaire tandis
qu'il en est temps! écoute du moins celle
qui connaît, hélas ! l'amour mieux que
toi : c'est le sentiment le plus fort, le
plus doux, le plus puissant qu'un mortel
puisse éprouver ; lui seul lui fait oublier
pendant quelques instans sa pénible existence, en le transportant dans le séjour
des Dieux.—Mais ce bonheur céleste est
rarement accordé aux enfans de la terre,
il n'est pas l'héritage des fils de Deuca-
lion : formés pour les soucis et les peines,
les Dieux punissent celui qui cherche,
dans son délire, à se rendre leur égal,
et qui veut envahir leurs droits ; ils re-
poussent l'audacieux qui ose, dans son
enveloppe mortelle, se placer à leur table , et prétendre ici-bas au bonheur
suprême : n'est-ce pas le vrai sens de la
fable de Prométhée ; qui s'empara du
feu du ciel pour créer et pour animer
des êtres parfaitement heureux ? Ce n'é-
tait point par orgueil, c'était par un
amour brûlant de l'humanité , par le

désir de connaître et de répandre le
souverain bonheur , celui d'un amour
éternel. Mais les Dieux punirent son vol
sacrilége , et des siècles de tourmens furent la suite de sa présomption insensée.

C'est par l'amour même que les Dieux
punissent l'amour ou le récompensent ;
car, dans leur bonté , ils permettent quelquefois qu'un de leurs favoris soit heureux ici-bas par l'amour : mais crois-en
ton amie, ce n'est , ce ne peut être que
lorsqu'il est sanctionné par la vertu et
par le devoir. Des poisons subtils et brû-
lans, des serpens qui s'enlacent autour
du cœur et le déchirent , ou bien un
fleuve de délices , voilà ce qu'est cet
amour dont tu parles avec tant de légèreté. Je sens , pour mon éternel malheur, cette vérité, et tu l'éprouveras de
même. Je voudrais que du moins mon
expérience pût te sauver ; je te supplie
de fuir pendant qu'il en est temps, à
moins que tu n'aies la plus grande espérance de succès. Si tu vois à n'en
pas douter qu'Agathoclès t'aime comme

tu l'aimes, et que nulle difficulté ne s'oppose à votre union : alors poursuis ta
route, toi la favorite des Dieux, et jouis
du bonheur sans être enviée de ta triste
amie, qui n'eut point un sort si fortuné,
mais qui n'en partagera pas moins ta
félicité; jouis, mais rappelle-toi de Némésis (1), et que la crainte de perdre
ton bonheur en assure d'autant plus la
durée.

O ma chère Calpurnie, quelle consolation pour moi quand je te saurai
heureuse ! tu es bonne, sensible, aimable et belle ; les Dieux, en t'accordant
tant d'avantages si rarement réunis,
t'ont sans doute destinée au plus grand
des bonheurs qu'ils puissent accorder
aux humains. — Lui seul éclairera l'obscurité de ma vie.

Tiridate est parti d'ici avant-hier
pour retourner à Rome, et se préparer
à un plus grand voyage. César Galérius

---

(1) Némésis était la déesse de la vengeance
et le juge de la présomption.

l'envoie à Nicomédie. L'on veut tenter
de nouveaux efforts pour obtenir de
l'Empereur et du Sénat qu'il remonte
sur le trône de ses ancêtres. On forme
une armée : la guerre est déclarée à la
Perse. Il s'est passé des choses impor-
tantes dans l'Arménie ; des conspirations
se sont ourdies pour et contre la race
des Arsacides ; l'issue de tout ce mouvement est difficile à prévoir, il n'y a
que les Dieux qui le puissent : nous de-
vons attendre dans une respectueuse
humiliation quand et comment ce grand
coup sera exécuté. — Ah ! qu'il est
cruel que le sort d'une faible et malheureuse femme soit entraîné dans celui
des nations et des empires, et de ne
pouvoir faire autre chose que de s'abandonner aveuglément au torrent ! —Calpurnie, que tu es heureuse ! aucun roi
ne détruira votre amour ; votre avenir
ne sera ni traversé, ni soutenu par la
faveur inconstante du peuple ; la volonté
d'une nation n'influera pas sur vous et
sur votre sort ; il vous est permis de

vous aimer à l'ombre d'une vie privée, et de vivre ensemble jusqu'à ce qu'une mort douce et paisible rompe les liens qui vous attachent, et vous mènent l'un après l'autre dans l'Elysée ! Avec quelle joie je renoncerais à monter sur le trône des Arsacides, si les chaînes qui me lient à Serranus étaient brisées par la volonté toute-puissante d'Auguste, et que je pusse me retirer avec Tiridate dans le coin le plus reculé de la terre ! Hélas ! je n'ose pas même faire connaître que tel est mon souhait ! lui, né dans la pourpre et les grandeurs, lui que la majeure partie de la nation appelle à gouverner, que la voix des peuples demande à grands cris ; lui que ses vertus, plus encore que sa naissance, placent sur le trône ! oserai-je par égoïsme priver ses peuples d'un tel maître, et le faire vivre dans l'obscurité ? ne serait-ce pas un crime, une trahison que rien ne pourrait justifier ; et Tiridate lui-même, qui céderait peut-être à l'idée de mon bonheur, à mes vives sollicitations, sé-

rait-il heureux dans la solitude et l'iso-
lement? Je suis donc condamnée à me
taire, à souffrir et à supporter ce qu'il
y a de plus cruel pour un cœur tel que
le mien, l'absence de ce que j'aime et
l'incertitude de l'avenir. Quel silence
autour de moi ! quelle longue journée !
Depuis hier je n'ai pas entendu la douce
voix de mon bien aimé ; je ne vois plus
sa figure céleste, ce regard, ce sourire
qui me rendaient si fière de l'amour que
j'inspire, qui me faisaient croire que
j'étais heureuse. A présent, je ne connais du sort qui nous est réservé , que les
dangers, les difficultés les craintes de toute
espèce. O mon amie! voilà des maux dont
tu n'as aucune idée: veuillent les Dieux te
les épargner! Qu'est-ce que la mort dans
les bras de celui qu'on adore, en comparaison de mes tourmens? Je meurs à
chaque minute, puisque chaque instant
qui s'écoule avance celui de la cruelle
séparation. C'est ainsi que je sens mille
fois la mort avant qu'elle vienne me
délivrer de mes cruelles peines.

Je suis extrêmement abattue depuis
quelques jours : une indisposition est venue se joindre aux douleurs de mon cœur,
je ne sais si je dois l'attribuer à mes chagrins ou bien aux désagrémens et aux fatigues que j'ai eues depuis que je suis venue
ici pour remettre tout en ordre, et sur-
tout avec notre fermier, qui est un homme
exécrable..... Adieu, Calpurnie, en
voilà assez pour cette fois, je ne puis plus
écrire : après deux mois d'absence, je
touche au moment de me retrouver dans
tes bras : ah ! si je pouvais espérer de
retrouver aussi Tiridate à Rome, de le
revoir encore une fois ! quel bien, quel
baume pour mon cœur déchiré ! mais
je n'ose m'en flatter. J'ai écrit à Serranus
pour qu'il m'envoie une litière douce et
commode ; peut-être qu'il viendra lui-
même, ou qu'il m'enverra un de ses
amis. J'en serais bien aise, car je crains
de voyager seule, et de tomber malade
en chemin. Je n'ai pas envie de prendre
pour m'accompagner des gens d'ici, j'ai
trop appris à les connaître. — Si je me

trompais dans mon attente, je préférerais de renvoyer mon retour à la belle saison. — Mais non, je ne puis sacrifier l'espoir de revoir mon Tiridate, peut - être hélas ! pour la dernière fois de ma vie ! — Ah ! je la donnerais à l'instant pour jouir de ce bonheur, pour le revoir une fois, une seule fois, avant d'expirer,

~~~~~~~~~~~~~~~~~~

LETTRE VIII.me

CALPURNIE A SULPICIE.

Rome, février 3o1.

JE voulus parler hier à Serranus de ton retour ; j'envoyai chez lui, mais il est malade et très-inquiet de ne pouvoir aller te chercher lui-même comme il se l'était proposé : en effet, tout était pré-paré, mais ce sera moi qui le remplacerai, mon père me l'a permis ; le bon vieux Phædo, notre affranchi, m'accompa-gnera. — Adieu donc, dans quatre jours je suis à toi.

1.   F

LETTRE IXme.

AGATHOCLÈS A PHOCION.

Rome, février 3o1.

Tiridate va se rendre à Milan auprès de César Maximien, et de là il ira à Nicomédie, où l'on fait de grands préparatifs pour la guerre contre les Perses. Tiridate y voit le germe de sa grandeur future et l'espoir de remonter sur le trône de ses aïeux ; il paraît que Galérius l'aime, Dioclétien même ne lui est pas opposé : son esprit adroit voit dans les justes prétentions de mon ami un moyen d'humilier l'insolent orgueil de la Perse, qui ne veut pas les reconnaître. Narsès se fie sur sa nombreuse armée et sur le bonheur inoui de son aïeul Sapor. Les Romains, de leur côté, se rappellent que Valérius fut retenu prisonnier chez les Persans et qu'il perdit la vie d'une manière infâme ; ils brûlent de laver cette tache dans le sang de leurs ennemis.

C'est ainsi que ces deux nations s'envi-
sagent avec une fureur réciproque, et
que le monde entier, depuis la défaite
de Valérius, attend avec impatience
l'issue d'un combat entre des forces égales.
Et moi aussi, Phocion, mon cœur bat
avec violence à l'idée des batailles, des
hauts faits d'armes, et des grands évènemens qui auront autant d'influence sur
ma patrie ; mais ce n'est pas seulement
cette patrie qui m'agite, c'est aussi le
sort de mon ami ; le bonheur de toute
sa vie dépend de cette guerre. Je l'aime,
ses prétentions au trône d'Arménie sont
justes, mais non pas celles qui l'inté-
ressent plus encore à la femme de Serranus ; il aime avec passion Sulpicie ; il
espère, au moyen de Galérius, obtenir
son divorce et la placer sur le trône :
tout est décidé et arrangé entre elle et
lui, et ils n'attendent que le moment
favorable. Je ne puis te cacher que tout
cela me déplaît et que je voudrais beaucoup qu'il ne m'eût pas confié son secret ; il faut, ou que je perde mes peines

et mes paroles à plaider contre un sentiment qu'il dit être irrésistible, ou que
j'approuve ce qui est entièrement contre
mon opinion. Tout ce projet ressemble
à un rapt que l'on veut commettre après
mûre réflexion, pour priver un individu
de sa propriété. Qu'importe que Serranus
n'aie ni des vertus ni des qualités atta-
chantes, et qu'il se livre avec autant de
légèreté que de faiblesse à des plaisirs
futiles ? c'est sans doute un grand malheur pour Sulpicie d'être unie à un
homme d'un tel caractère ; mais elle
n'en est pas moins sa femme, et par la
volonté d'un père et par son propre
consentement. Le lien du mariage doit
être sacré, et pour le rompre il faut au
moins que les deux parties soient d'accord et jugent ensemble que leur séparation est nécessaire à leur bonheur
réciproque : alors il n'y a rien à dire,
et personne n'est lésé ; mais il ne faut
pas que ce soit le caprice ou l'inconstance
de l'un des deux qui puisse en décider.

Ce qui me fait aussi une peine infinie,

c'est de voir que Calpurnie approuve ce
projet, et le soutienne avec une étourde-
rie inconcevable.—Quelle femme serait
Calpurnie sans cette inconséquence d'esprit qui l'égare sans cesse, et lui fait po-
ser comme un principe fondamental, que
le plaisir et les jouissances sont le seul
but de notre vie ! Elle possède une infi-
nité de qualités estimables, elle est capable d'amitié et de dévouement entier
pour ses amis, elle fait des sacrifices avec
gaîté : pourquoi faut-il qu'avec des vertus si réelles et si nobles, elle se permette,
avec une incompréhensible légèreté, de
soutenir des opinions qui m'affligent et
me blessent ! — Mais qu'elle est belle,
Phocion ! C'est incontestablement la plus
belle femme que j'aie vue de ma vie, je
suis obligé d'en convenir, et je m'en veux
de le sentir aussi profondément. Lorsqu'à
demi couchée sur des coussins, sa lyre en
main, faisant entendre doucement sa voix
enchanteresse, ou qu'elle est dans une
de ses attitudes inspirées, ses beaux yeux
élevés au ciel, tous ses traits ayant une

expression divine, et qu'elle déclame les
plus beaux morceaux de nos poëtes, ou
enfin lorsque dans une danse pantomime
elle déploie dans chaque mouvement autant de grâces que de vrai talent, ô
Phocion, comme elle est séduisante ! et
qui pourrait lui résister ? Je n'ai vu Calpurnie danser ainsi qu'une seule fois;
car, malgré ses principes épicuriens, elle
ne manque pas de cette modestie qui est
l'attrait le plus sûr des femmes. Mais un
jour, lorsque le soleil eut fait place au
crépuscule, et qu'il n'y avait là d'autre
étranger que moi, elle céda aux prières
pressantes de son frère Lucius, qui paraît
être son favori, et nous donna ce ravis-
sant spectacle. Elle danse divinement
bien et avec une légèreté et une préci-
sion étonnante; mais ses mouvemens, ses
grâces, le jeu de sa physionomie font une
illusion impossible à dépeindre ; l'impression qui m'en est restée ne s'effacera
jamais. O Phocion, que l'homme est
un être faible et misérable ! Un simple
jeu des sens, qui n'a par lui-même aucun

but noble ou légitime, peut influer à ce
point, non seulement sur ses organes,
mais sur son être spirituel, l'entraîner
malgré lui et le disposer à des actions que
la raison et la vertu désapprouvent. Il n'est
rien, non rien que je n'eusse fait pour
Calpurnie dans le moment de cette danse
magique ! Ce n'est donc pas assez d'être
le jouet du sort, de la nature, de ses passions ! l'homme est encore la victime de
ses sens. — Quel incroyable pouvoir possède la beauté ! Eh ! qu'est-elle cependant? une illusion, une idée purement
conventionnelle, dépendante du climat,
des temps, des habitudes, que l'on ne peut
soumettre à aucune règle générale. L'ha-
bitant des zones passe tranquillement
devant les premières beautés de la Grèce,
et ce qui nous paraît rebutant enflamme
son imagination et son cœur. — La beauté, les attraits ne sont donc au fond que
le plaisir d'un instant, une forme à laquelle on est convenu de donner ce nom,
une teinte sur la peau, une couleur dans
les yeux, sur les cheveux, dont notre re-

gard a l'habitude, des mouvemens ar-
rondis et gracieux qui nous plaisent; mais
une plante se balance mollement sur sa
tige, une fleur étale les couleurs les plus
brillantes; elles excitent notre admiration
sans égarer notre raison, parce qu'elles
sont privées de sentiment. Et qui nous
assure que cette figure enchanteresse qui
nous séduit chez une femme avec tant
d'empire et de violence, n'est pas celle
d'un être dont les sentimens (si elle en
a) n'ont aucune analogie avec les nôtres?
Je me suis répété cela mille fois en regardant Calpurnie développer ses grâces
enivrantes; je me suis efforcé de raison-
ner la nature et la source de ce que j'é-
prouvais, pour en arrêter l'effet : cela me
réussit pour un instant, et, la minute
d'après, tous mes calculs cédèrent au pouvoir de ses charmes. Je commence à être
très-mécontent de moi-même, j'ai la
conviction intime que Calpurnie ne pourrait me rendre heureux, et, malgré cette
persuasion... j'ai cessé de condamner Tiridate de n'avoir pu résister à l'empire

de la beauté, et de manquer de force ou
de volonté... *de volonté!* me manque-
rait-elle donc? Non, Phocion, je dois à
cet égard me rendre justice; oui, je veux
résister et j'espère d'y parvenir. Si cette
volonté positive, si ma raison, si mes
principes ne me suffisent pas, la fuite
du moins produira l'effet désiré.

Calpurnie a donné, ces jours passés, une
preuve qu'elle est non seulement une
aimable amie, mais qu'elle sait exécuter
avec persévérance ce que son cœur sensible lui dicte au premier moment. Sulpicie était malade à Bajaé : des désagrémens domestiques, la mauvaise saison, et, bien plus encore, la malheureuse passion qui la consume, avaient
ébranlé sa santé; elle craignait d'entre-
prendre le voyage accompagnée seulement de ses esclaves; Serranus, incom-
modé lui-même, ne pouvait y aller, et
Calpurnie se décida à ne pas abandonner son amie. A force de peines, elle ob-
tint de son père la permission d'aller
chercher Sulpicie, accompagnée d'un

1.   G

vieux affranchi; elle partit par un temps affreux, voyageant jour et nuit pour arriver plus tôt à Bajaé. Le lendemain, elle se mit en route avec Sulpicie pour revenir à Rome à petites journées. J'étais présent lors de leur arrivée; Tiridate, qui avait perdu l'espoir de revoir Sulpicie avant son départ, l'attendait avec une extrême impatience et la plus vive inquiétude : elles entrèrent. —Phocion, quel pouvoir peut se mesurer avec celui de l'amour? Dispense-moi de te faire un récit de l'entrevue de ces malheureux amans, de leur ivresse, de leurs peines, de leur bonheur et de leur désespoir; il faut qu'ils se séparent, et leur avenir est dans une obscurité profonde. — J'étais ému et de cette scène et du dévouement de Calpurnie.... Mais je veux résister à tant d'enchantement , je le veux et j'espère le pouvoir : j'appelle aussi à mon secours mon idéal céleste, ma Larissa, qui m'apparaît plus souvent encore depuis que je vois Calpurnie; je l'ai là devant mes yeux, soit que je dorme,

ou que je veille ; cette flamme si pure doit
éteindre tout désir coupable, elle éclaire
ma volonté, elle double ma force ; j'ai
perdu tout espoir de la revoir jamais, et
cependant je ne puis m'empêcher de demander sans cesse au Destin de nous réunir, et de penser que cela n'est pas impossible. C'est encore un de ces contrastes
qui me tourmentent et me font rougir de
moi-même. Mon esprit ne sera-t-il donc
jamais tranquille ? Mon ame doit-elle être
continuellement agitée par les combats
que se livrent des penchans opposés ?
Souvent je me console par l'espérance
que, lorsque j'aurai quelques années de
plus, la raison, le sang-froid, la philosophie produiront en moi ce calme, cette
paix que je ne puis à présent obtenir de
moi-même ; quelquefois aussi il m'arrive
de croire qu'une mort prématurée terminera les combats qui m'oppressent, et me
donnera bien plus sûrement encore le
calme et la paix. — A dire vrai, je n'en
serais pas fâché ; la vie ne m'offre plus
rien qui me tente, et je puis, sans orgueil

et sans prétention, dire comme un sage :
Je n'obéis pas aux Dieux, mais je suis de
leur avis s'ils ordonnent que je finisse
bientôt.

Dans le fond ? qu'est-ce que c'est que
la vie, Phocion ? Elle a certainement un
but que nous ignorons souvent nous-
mêmes. Nous naissons, parce que nous
avons quelque chose à faire, à travailler,
à empêcher, qui entre dans les grandes
vues de la création : cette tâche est-elle
achevée, nous cessons alors d'exister : il
n'y a aucune règle fixe, aucun âge pres-
crit ; le Destin place l'instrument, à sa
volonté, dans le temps qui lui convient,
le fait agir suivant les circonstances et sa
destination, et, lorsqu'elle est remplie,
il brise cet instrument inutile. Mais où
allons-nous après cette courte vie ? n'y
aurait-il aucune différence du sort d'une
plante, d'un animal, à celui d'un être capable de penser et de prévoir ? Je ne puis
le croire, mais voilà tout : le reste est un
mystère imposant qu'aucun mortel ne
peut découvrir. Le Tartare, l'Elysée sont

un système suffisant pour ceux qui ne portent pas leurs pensées plus haut, et sans doute il doit vous être sacré; mais Phocion, ne serait-ce pas l'idée la plus douce, la plus sublime, la plus consolante, que d'espérer de retrouver dans un lieu de paix et de félicité ceux qu'on a aimés sur cette terre? Heureux celui qui peut le croire aveuglément et sans le moindre doute! j'y retrouverai donc ma chère Larissa! O qu'il serait affreux de renoncer à cet espoir, et de ne trouver ni à l'école des philosophes, ni dans leurs écrits, la moindre certitude de cet avenir! Ils donnent des doutes sur l'Elysée, et n'offrent rien qui puisse en dédommager. Il est à la fois curieux et triste de connaître ce que la plupart des hommes célèbres ont dit sur la vie à venir. Adrien croit rencontrer son ami dans des lieux inconnus et sombres, où il n'y aura ni peines ni plaisirs. Achille, comme nous le dit Homère, préférait d'être un pauvre ouvrier sur cette terre, plutôt qu'un roi dans le Séjour des ténèbres. Mécène con-

3

sentait d'être sur la croix et de souffrir les douleurs les plus cuisantes ici-bas, plutôt que de mourir et de revivre dans un pays inconnu. Ah! Phocion, quelle terrible idée ces hommes se faisaient-ils donc de leur existence après la mort? Ah! qui pourra m'éclairer sur un objet aussi important? Le sommeil, que nous nommons si souvent l'image de la mort, le serait-il en effet? l'oubli total de soi-même et de tout le néant serait-il notre partage? peut-il adoucir l'effrayante idée de notre destruction? Cette seule pensée fait trembler l'être spirituel qui sent en lui un principe de vie immortelle. Platon a de hautes idées, mais elles ne conten-tent pas: son Phédon ne saurait tranquil-liser tout-à-fait un incrédule. Les Stoï-ciens et tous les autres philosophes ne nous offrent que des suppositions. Quand viendra-t-il celui qui nous montrera le chemin de la vérité, qui pourra tout à la fois affranchir l'esprit de ses doutes cruels, satisfaire la raison et le juge-ment, relever par un espoir consolant l'ame abattue, et, avant tout, mettre un frein au peuple grossier, le retenir par le respect, l'espoir et la crainte? — Je le répète, il est affreux de voir les progrès de l'incrédulité, le mépris pour les Dieux et leur culte, non seulement dans les premières classes des habitans de Rome, mais aussi dans celle du peuple. Cette ancienne doctrine de la pluralité des Dieux ne possède plus la magie inconcevable avec laquelle elle a su se maintenir, et en imposer aux hommes pendant des siècles ; l'homme actuel, raffiné comme il l'est, a besoin d'un frein plus fort et d'idées plus raisonnables, soit de la divinité, soit du but qu'il doit atteindre. Il est impossible de rester indifférent sur les suites que l'anéantissement de toute religion doit amener immanquablement ; l'avenir me paraît effrayant, je tremble pour nos descendans plus encore que pour nous : je ne puis me rendre maître des craintes qui viennent m'assaillir et dont je souffre doublement ; c'est le sort malheureux

4

de ceux qui, ainsi que moi, se tourmentent
par leur imagination, et souffrent et des
maux qu'ils ont, et de ceux qu'ils pré-
voient, pour qui le présent n'a plus de
charmes, et l'avenir plus d'espérances.
Plains-moi, Phocion, et ne prive pas un
malheureux visionnaire de ton indul-
gente amitié.

LETTRE Xme.

SULPICIE A CALPURNIE.

Rome, mars 301.

Tu n'auras pas ma visite accoutumée,
chère Calpurnie, une lettre me remplacera malgré le peu de distance qui nous
sépare; je serai privée du bonheur de te
voir : des cruels, des insensibles, à la tête
desquels est Serranus, pourquoi suis-je
obligée d'ajouter, et mon père, en ordonnent ainsi. Novius, ce misérable affranchi qui a laissé dégrader notre villa,
se venge par des infâmes calomnies de ce

que j'ai découvert ses malversations : il
a instruit mon père et Serranus de ma
liaison avec Tiridate, et pour regagner
la faveur de son maître, il a tout em-
ployé pour le faire paraître sous le jour
le plus désavantageux; il nous a prêté
des crimes et une conduite dignes de son
ame vile et basse, mais dont nous sommes
tous les deux incapables : nous nous aimons, il est vrai, mais sans avoir à rougir; car la base de notre amour est une
estime réciproque, et l'une de nous deux
ne pourrait cesser de la mériter sans
cesser aussi d'être aimée. Mais ce qui me
paraît incompréhensible, c'est que ce vil
affranchi est instruit de nos plans pour
l'avenir, et de tout ce que nous avons
décidé entre Tiridate et moi pour légi-
timer une fois nos sentimens. Mon père
est furieux : l'idée d'un divorce avec l'é-
poux qu'il m'a donné, et d'une alliance
avec un prince barbare , c'est ainsi
qu'il nomme Tiridate, selon les préjugés
de Rome, lui fait oublier et les malheurs de sa fille qu'il a plainte si souvent,

et sa tendresse paternelle. Je t'assure,
Calpurnie, que, malgré mon désespoir,
je supporterais sans murmures et ses reproches et ses injustices, si je n'en voyais
pas le vrai motif. La famille des Anicius
est puissante et leur influence à la cour
est très-grande ; mon père est ambitieux,
il a trois fils placés à la cour, et le crédit
de Serranus peut leur être utile ; déjà
je fus sacrifiée à leurs projets, et je dois
l'être toute ma vie : cette idée me ré-
volte, et rend ma situation plus cruelle,
en excitant contre moi la tyrannie de ces
hommes avides : le faible et léger Serranus n'oserait certainement pas m'ac-
cabler de reproches et d'injustices, s'il
n'était pas excité et soutenu par mon
père ; il me tourmente sans relâche, tantôt par des injures et des menaces, et
tantôt par ses plaintes, ses remords et
son amour. — *Son amour !* Calpurnie,
quelle indignation j'éprouve quand
j'entends prononcer ce mot si sacré, si
sublime, par un être qui est aussi incapable de l'éprouver que de l'inspirer,

qui le prodigue sans cesse à des femmes
qui sont la honte de leur sexe ! Ces tourmens durent depuis huit jours. Dans les
commencemens, je les ai supportés sans
me plaindre, de la part d'un époux qui
pouvait se croire outragé par ma passion
pour un autre, quelque pure qu'elle soit ;
mais actuellement mon état n'est plus
supportable : toutes mes actions, tous
mes mouvemens sont épiés par mes esclaves, je suis à leur merci et traitée par
eux comme un enfant rebelle. Je rougis
de t'avouer qu'il m'est défendu de sortir
seule et de te voir ; on te regarde comme
ma complice, on sait que tu es la confidente de Tiridate et la mienne, et l'on
nous croit capables tous les trois de choses
que la bienséance et ma propre estime
me défendent de répéter ; on m'a dé-
claré durement que je ne te verrai plus
seule un instant. Lucia, la nourrice de
Serranus, ou Serranus lui-même, doivent m'accompagner par-tout où j'irai,
et depuis qu'on m'a imposé cette contrainte, je ne suis pas sortie de mon ap-

partement. Je reconnais dans cette rigueur l'esprit indomptable de mon père :
il rougirait, dit-il, de voir sa fille l'é-
pouse d'un prince étranger, et il n'a pas
honte d'abaisser son enfant, de le dés-
honorer aux yeux de ses esclaves ! Sens-
tu, Calpurnie, combien je suis malheureuse et abandonnée ? Tiridate est loin
de moi, et il m'est défendu de le voir,
je suis seule et sans secours à la merci de
mes tyrans : ô Dieux ! donnez-moi la force
de la résignation, ou celle de briser mes
chaînes.

LETTRE XIme.

AGATHOCLÈS A PHOCION.

Rome, mars 3o1.

CETTE lettre sera la dernière que je t'é-
crirai de Rome, sous peu je quitte cette
ville pour faire la campagne ; je vais
aux lieux vers lesquels la terre entière a
tourné ses regards, servir la cause de
Tiridate. Ne me taxe pas de légèreté

dans mes opinions, en me voyant prendre un état qui a perdu sa dignité et
contre lequel je me suis si fortement
prononcé. J'ai besoin d'être occupé, il
me faut une vie active et des devoirs
obligés ; je sens que dans ma situation
l'oisiveté dans laquelle je me plaisais,
deviendrait un poison pour mon ame.
Calpurnie est trop aimable et trop légère, il est impossible de vivre auprès
d'elle et de ne pas l'adorer, et plus impossible encore de la posséder et d'être
heureux : plus je me sens entraîné vers
elle, et plus je suis convaincu que nous
ne nous convenons pas. Je dois donc, et
pour elle et pour moi-même, détruire
cette magie, et je ne puis y parvenir
que par l'éloignement; la guerre qui se
prépare m'en fournit une occasion, elle
m'inspire moins de répugnance que les
précédentes. Il n'est pas question de
nouvelles conquêtes : un souverain légitime doit reconquérir sa couronne à
main armée, et venger dans le sang des
barbares la honte de passé : c'est ainsi

que le but ennoblit. Je ne rougis point
de courir à ce but et d'employer mes
forces et mon courage pour une aussi
noble entreprise.

Tiridate s'est rendu à Milan auprès
d'Auguste Maximilien ; je le suivrai
dans peu , nous nous embarquerons à
Ravenne, et j'espère d'être à Nicomédie dans une quinzaine de jours. Mon
père me mande que tu n'y es plus, j'en
ai éprouvé un bien vif chagrin. Appelé
à l'Académie d'Athènes, tu quittes ma
ville natale au moment où mon destin
m'y ramène : quel plaisir je me faisais
de t'y retrouver ! les Dieux en ont ordonné autrement ; il faut supporter cette
épreuve comme toutes celles dont ma
jeunesse fut entourée. Mon père m'a
écrit avec amitié , avec bonté, il ne m'y
avait pas accoutumé ; et je sens avec la
plus tendre reconnaissance, cher Phocion,
que c'est à toi que je dois cet heureux
changement; c'est un présent que tu
me laisses en partant , bien doux et
bien cher à mon cœur. J'espère qu'il

sera aussi content de moi ; je lui ai parlé
de mon projet de faire la campagne, en
le priant de m'accorder son aveu ; comme
il désire depuis long-temps de me voir lancé dans une carrière quelconque, je suis
bien sûr de l'obtenir. — Si cette lettre te
trouve encore chez lui, exprime-lui ma
reconnaissance filiale, et dis-lui qu'in-
cessamment je le ferai moi-même. Adieu,
cher Phocion, je suis occupé des préparatifs de mon départ, et ne puis pro-
longer ma lettre.

LETTRE XIIme.

CALPURNIE A SULPICIE.

Rome, mars 301.

Pour la première fois de ma vie j'ai de
la peine à t'écrire à force d'avoir pleuré,
et d'être accablée par une nuit dont à
peine pouvais-je atteindre la fin ; — mais
je veux répondre à la lettre que ta fidèle
Chromis m'a remise en secret de ta part.
J'ai besoin, mon amie, de m'affliger avec

toi de tes peines, et de te parler des
miennes. — Et par qui sommes-nous
malheureuses toutes les deux ? C'est par
l'influence de ces hommes méchans,
cruels, ingrats, qui semblent être créés
exprès pour nous tourmenter, et qui sont
également tourmentés par leurs vices ou
par leurs vertus. Sois convaincue, Sulpicie, que je souffre pour toi et avec toi.
La perspective de perdre un ami dont les
qualités m'ont éblouie un moment, me
prouve assez ce que c'est de perdre un
amant dont on est adorée : Agathoclès
est à la veille de partir ; tu vas être
surprise de cette résolution si soudaine,
si inattendue, sans aucune raison plau-
sible. — Que veux-tu que je te dise ? La
chaleur avec laquelle il a embrassé la
cause de ton ami Tiridate devient si brû-
lante, son devoir de se conformer aux désirs de son père, si impérieux, qu'il se
décide à l'instant d'entrer au service et
à faire la guerre contre les Perses. Lui
dont les opinions et le caractère sont si
contraires à un état qu'il appelle *servile ;*

lui, presque toujours opposé aux avis
de son père, n'a rien de plus pressé
que de tout sacrifier pour s'éloigner d'une
ville où rien au monde, dit-il, ne pourrait le retenir. — Ah! il a raison, bien
raison! et ceux qui s'affligeraient de son
départ auraient grand tort. — Je sais,
je sens que je dois parler ainsi, et cependant, Sulpicie, combien j'ai honte de
ma faiblesse! Lorsqu'il vint hier m'annoncer son départ, je fus hors d'état de lui
répondre : j'étais prête à défaillir, mon
sang paraissait arrêté dans mon cœur,
qui battait avec violence ; je sentais que
la pâleur de mon visage devait trahir
l'agitation de mon ame. — Et lui, Sulpicie, oh! combien j'avais honte du peu
d'empire que j'ai sur moi! lui, paraissait
calme, résigné comme quelqu'un que
sa volonté seule a décidé. Que j'aurais
été méprisable à mes propres yeux, si
la vue de cette tranquillité si parfaite,
si incroyable, n'avait pas réveillé ma fierté! Je repris peu à peu tout mon courage,
et au bout de quelques minutes je pus

1.   H

lui répondre , tout comme à l'ordinaire ,
sur un ton léger et badin ; avec adresse
je dirigeai la conversation sur des sujets
indifférens , sur les apprêts de son départ, etc. et mon père et mes frères
étaient présens : il me fut donc facile de
quitter l'appartement et de rentrer chez
moi pour donner un libre cours à mes
tristes réflexions. J'aurais donné tout au
monde pour laisser couler les larmes de
chagrin et de dépit dont mon cœur et
même mes yeux étaient pleins, mais je
les repoussai avec effort en dedans ;
l'heure du souper était proche, et je ne
voulais pas qu'Agathoclès en vît les traces.
J'employai donc le peu de momens qui
me restaient à me mettre dans l'attitude
où je voulais être , et je retournai dans
le salon à manger. Le départ d'Agathoclès
fut le sujet général de la conversation,
mon père et mes frères en sont extrêmement affligés : je pris sur moi autant
qu'il me fut possible, et je fus étonnée
de mon courage ; personne n'était sûrement aussi affligé que moi , et je par-

raissais la plus calme , la plus tranquille,
la plus indifférente, plus même que lui ;
et c'est-beaucoup dire ! O Sulpicie !
combien ces hommes si vains de leur
courage sont plus faibles que nous ! Ils
n'attachent de prix qu'à ce qu'on leur
refuse. Je vis clairement qu'à mesure
que je m'animais , Agathoclès devenait
silencieux , pensif , et sa mauvaise humeur se manifesta en proportion de ma
gaîté. — Quelque chose qui ressemblait
au mépris s'éleva dans mon cœur et
doubla mes forces, en sorte qu'à la fin
du repas j'avais complétement changé
de rôle avec lui : nous nous séparâmes,
moi en plaisantant, lui avec une froideur affectée ; je rentrai dans mon appartement. J'y étais à peine, lorsque
Chromis entra et me remit ta lettre,
que je lus, et qui me fit répandre des
larmes avec une telle abondance, que
ce ne fut que vers le matin qu'il me
fut possible de fermer les yeux. Ta situation, la mienne, les chagrins que
nous avons déjà et ceux qui nous at-

tendent encore, pesèrent sur mon cœur
d'une manière insupportable. C'est donc
toujours les hommes qui tourmentent
notre vie, soit qu'ils nous aiment ou
nous haïssent; mais conviens, Sulpicie,
que, dans le premier cas, on est bien
moins malheureuse ; tu souffres, il est
vrai, mais ton amant t'adore. Serranus
t'aime autant qu'il peut aimer; ton père,
quoiqu'il te paraisse dur et sévère, te
chérit; et moi, Sulpicie, moi, mon père
m'aime aussi, mais... Agathoclès... oserai-je en dire autant, et le puis-je? cent
fois j'ai lu dans ses yeux l'aveu de son
amour, et les mots entrecoupés qu'il
prononçait, ne me laissaient aucun doute;
et cependant il part, et avec cette tranquillité philosophique il torture mon cœur
sans aucune pitié, et sans se douter peut-
être de ce qu'il fait souffrir à une femme
sensible... oui, Sulpicie, trop, beaucoup
trop sensible et cent fois plus que ne le
mérite une conduite si dénuée de sentiment et de délicatesse : et quelle en est
la cause? Une orgueilleuse philosophie

qui doit le préserver d'être victime des passions, et lui faire garder une fidélité ridicule pour un idéal d'enfance, qu'il ne reverra jamais ou qu'il retrouverait si différent de sa chimère, qu'il ne pourrait le reconnaitre. —Quoi qu'il en soit, il suit son plan sans s'embarrasser de ceux qui ont la folie de s'intéresser à son sort, et qui ne s'apercevront que trop de son absence ; il ne songe pas à leur chagrin : il lui convient de partir.— Eh bien, qu'il parte, il ne verra pas du moins couler mes larmes. Non, Sulpicie, ce censeur sévère ne doit pas jouir de ce triomphe ; je veux être gaie, sereine, je veux rire même lorsque je le verrai s'élancer sur son cheval pour s'éloigner de ceux qui l'aimaient : —oui, je le jure, ma chère Sulpicie, oui, c'est ce que je ferai ; il ne mérite pas mieux de moi.

Remarque, Sulpicie, le pouvoir que l'orgueil et le dépit ont sur l'ame. Quand j'ai commencé à t'écrire, j'étais inondée de larmes, j'avais peine à les empêcher de se répandre sur mon papier ; à présent elles sont taries, je ne pleure plus, parce que je suis en colère, et je trouve dans mon courroux un soutient contre la faiblesse de mon cœur. — Que l'on ne dise pas de mal du courroux; c'est un sentiment noble, héroïque, qui élève l'ame, tient la douleur en équilibre, et nous fortifie lorsque nous craignons de succomber. Je te promets que notre amitié saura bien aussi triompher de tes deux tyrans, et qu'ils ne viendront pas à bout de nous séparer ; nous nous verrons bientôt, sois-en sûre, et tout à notre aise. Adieu, ma chère Sulpicie, ne te laisse pas abattre.

LETTRE XIIIme.

SULPICIE A TIRIDATE.

Rome, mars 3o1.

QUELLE solitude affreuse, cher Tiridate ! tu m'as quittée, et je crois être seule dans l'immensité du monde. — Ah ! je suis bien seule en effet dans cette

demeure où je ne te verrai plus, n'ayant
pas une pensée consolante, pas un espoir
auquel je puisse m'attacher; les souvenirs même de mon bonheur passé sont
autant de pointes acérées qui viennent
déchirer mon cœur. — Qui sait même
si le bien de t'écrire, le seul qui me
reste, ne me sera pas bientôt enlevé? Je
suis sans cesse entourée et observée par
des yeux d'argus, avec toute la cruauté
de la vanité blessée. Nos relations ont
été dévoilées à Serranus, à mon père
par l'esclave Novius, et de la manière
la plus fausse et la plus abominable :
cet homme vil s'est ainsi vengé de ce
que j'avais découvert ses déprédations.
Je supporte tout ce que la dureté la plus
accablante, et la jalousie la plus animée
peuvent inventer pour me faire souffrir :
on a voulu me séparer de Calpurnie; sa
fidèle amitié et son adresse ont su prévenir ce malheur. Elle a demandé un
entretien à Serranus, et son esprit, ses
grâces si séduisantes, l'ont gagné. Son
nom et l'influence de son père inspirent

au mien un profond respect, et l'on
n'ose plus s'opposer à ce qu'elle me voie.
Je ne m'abuse pas cependant sur les
soupçons et la défiance dont on nous
entoure , rarement on nous laisse
seules. A peine est-elle entrée dans mon
appartement , que, sous quelque prétexte, elle est bientôt suivie par un des
membres de la famille : souvent aussi on
nous laisse en apparence en liberté , et
quelque bruit dans l'appartement con-
tigu me prouve qu'on est aux écoutes.
O mon ami ! combien cette conduite
est indigne et méprisable ! combien
même elle est impolitique ! Je n'ai
jamais aimé ni même estimé Serranus , mais il justifie trop bien et mon
indifférence et mon mépris ; je sais qu'il
peut dire de même que notre attachement justifie aussi sa défiance et ses
précautions. — Tiridate , toujours je
t'aurais aimé , quel qu'eût été mon sort :
je fus entraînée dès le premier instant
par un charme inconnu , indéfinissable ,
et dont j'aurais voulu en vain me dé-

fendre ; le cœur de Sulpicie était formé
pour le tien : mais , j'en jure par cet
amour même, toujours tu l'aurais ignoré
si Serranus avait mérité , je ne dis pas
ma tendresse, mais seulement mon estime. On cherche à s'emparer de mes
lettres , celles même de Calpurnie ne
peuvent me parvenir que par mille dé-
tours : si je la vois seule une minute ,
je lui donnerai celle-ci pour te la faire
parvenir. — O Dieux ! est-ce bien Sulpicie ? est-ce l'amie de Tiridate qu'on
force à s'abaisser à de tels moyens ?

Je suis excessivement malheureuse ,
ma vie ressemble à une nuit obscure ;
mon plus ardent désir serait , je te
l'avoue, de m'endormir pour l'éternité,
si je ne dois plus te voir ici-bas. Tiridate,
dis-moi, pourquoi ai-je été appelée à
te connaître ? pourquoi étais-tu destiné
à troubler à jamais le calme et l'indifférence de mon cœur, à égarer cette raison
dont j'étais si fière ? pourquoi vins-tu
réaliser l'idéal de perfection qui m'appa-
raissait par fois comme un songe, toi qui

1.   I

par ta naissance , ta patrie, les circonstances, devais m'être à jamais étranger? quel
plaisir peut trouver le sort d'avoir fait
naître en Arménie et à Rome deux cœurs
formés l'un pour l'autre , de les réunir
un instant pour les séparer ensuite avec
cruauté? — Mais non , je ne veux pas
me plaindre , je t'ai trouvé, je t'ai aimé,
aucune puissance sur la terre ne peut
m'ôter ce bonheur; et lors même que ce
bonheur sans égal devrait être suivi d'un
malheur éternel , je ne pourrais ni le
regretter ni m'en plaindre.

Tout espoir serait-il donc perdu ? ne
nous reverrons-nous qu'après notre triste
et pénible existence ? Tiridate, aie pitié
de ma faiblesse : il y a des momens où
mon cœur, abîmé de ses peines, repousse
l'espérance et la possibilité du bonheur,
et trouve même une espèce de satisfaction à ses maux : alors je crois avoir
épuisé la coupe du malheur ; ma vie et
ce qui doit arriver encore, sont aussi loin
de moi que le jour qui vient de s'écouler;
l'avenir est anéanti, je ne crains rien, je

n'espère rien, pas même la mort; je ne
sens que le malheur d'être séparée de toi.

Mais pendant que je souffre, quelle
est ta destinée ? Peut-être que le vaisseau qui t'emporte loin de moi se bat
contre les élémens ; peut-être que la
foudre le frappe, je le vois s'enflammer,
disparaître, et mon Tiridate à jamais
perdu pour moi. Dans d'autres momens
je te vois au milieu des combats, un
dard ennemi perce ce cœur qui m'appartient, et dont l'existence est le seul
but de la mienne. — Que dois-je donc
faire sur cette terre ? Ah ! laisse-moi te
suivre, laisse - moi descendre avec toi
dans le séjour des morts et ne plus te
quitter.... Ne plus te quitter ! sort digne
d'envie ! être sans cesse avec toi, près
de toi, et lorsque le trépas nous sépa-
rera un instant, nous retrouver bientôt
dans cet Elysée où les amans fidèles et
malheureux seront réunis pour jamais !

Ecris-moi bientôt, Tiridate, arrache-
moi à ces craintes qui approchent du
désespoir; dis-moi seulement que tu vis,

I 2

que je puis espérer de te revoir encore, et je pourrai tout supporter ; c'est tout ce que tu peux faire pour conserver les jours de ta Sulpicie.

Agathoclès nous a aussi quittés, il a hâté son départ pour s'embarquer avec toi ; je m'aperçois douloureusement de son absence, je m'afflige de ne plus jouir de son active et véritable amitié ; mais c'est à toi, Tiridate, qu'il la consacre à présent, et il m'en devient plus cher. Nous n'étions pas toujours d'accord, et l'austère sévérité de ses principes, qui n'accorde rien au pouvoir de la passion, m'a souvent effrayée ; mais il n'en est pas moins sensible, et tout en nous blâmant peut-être, il suffisait que je fusse aimée de son ami, pour me l'attacher. Il est doué de qualités sublimes, mais je crains qu'il ne soit jamais heureux ; ses principes ne sont pas assez d'accord avec ceux du temps présent, et il trouvera peu ou point de cœurs à l'unisson du sien. Je suis persuadée que Calpurnie a fait une forte impression

sur lui, et cependant il ne s'est pas permis d'y céder, et il s'éloigne d'elle avec
un courage stoïque : les Dieux savent
seuls pourquoi il résiste avec autant de
force à ce sentiment ; il était facile de
voir, malgré ses efforts, avec quelle
peine il lui résistait. Il est singulier
d'observer comment Calpurnie et lui
atteignent le même but avec des moyens
si différens : chez lui, c'est la force de
son esprit, la fermeté de ses principes ;
et chez elle, c'est la légèreté de son
caractère et sa gaîté inépuisable qui la
préservent d'une passion violente, à
laquelle son cœur sensible la porterait
volontiers. — Heureuse Calpurnie ! elle
ne connaîtra jamais les tourmens que
j'éprouve. Cependant elle aime Agathoclès plus fortement que je ne la croyais
capable d'aimer, mais sa fierté la soutient contre un sentiment trop tendre.
Elle n'a pas eu l'air de remarquer ses
efforts pour s'éloigner et se détacher
d'elle ; mais lorsqu'il a été parti, elle a
versé dans mon sein des larmes amères :

3

jamais je ne l'avais vue dans cet état. Au
bout de trois jours, elle revint chez moi;
ses pleurs coulaient encore chaque fois
que le nom d'Agathoclès était prononcé;
mais elle espérait, disait-elle, obtenir
du temps et de la distraction d'effacer
cette impression trop forte. Oh ! qu'il
est faible le sentiment qui voit déjà la
guérison en perspective après trois jours
de douleur ! — Heureuse, disais-je....
ah ! comme je mens à mon propre
cœur ! dois-je, puis-je envier ce froid
bonheur ? Non, Tiridate, j'en suis
incapable ; non, je t'aime trop vivement,
trop passionnément, pour regretter les
maux que cet amour me cause, pour
envier de bonne foi l'indifférence de ma
légère amie : dussé-je mourir de ma douleur, je ne veux pas t'oublier. Tu sais que
tes lettres sont mon unique consolation, la
seule lumière qui puisse éclairer la nuit
profonde qui m'entoure ; écris-moi souvent, parle de moi, de toi, de toi seul;
que je connaisse tes pensées, tes désirs,
tes projets, tes actions, toute ton exis-

tence enfin , car elle est devenue la mienne : songe à tout ce que tes lettres doivent remplacer , de combien de peines elles doivent me dédommager , et ne laisse pas dans le désespoir ta pauvre Sulpicie.

LETTRE XIVme.

AGATHOCLÈS A PHOCION.

Nicomédie, mai 301.

Après un voyage en mer assez pénible et très-dangereux, en proie aux vents et aux tempêtes, nous débarquâmes ici, Tiridate et moi, il y a huit jours. O charme puissant de la patrie, comme tu émeus mon cœur ! quel bonheur de revoir après un long éloignement le lieu de sa naissance ! Tu me diras peut-être qu'après une traversée aussi dangereuse chaque rivage nous aurait paru désirable ; non, Phocion, il n'en est point ainsi, et l'émotion que j'éprouvais n'était point celle d'échapper à un danger. A la vue de ces campagnes que je parcourais dans mon

4

jeune âge, de cette grève où si souvent
je fus couché pendant des heures entières
à regarder la vague se briser à mes pieds,
et l'immensité des mers se déployer à
mes yeux, mon ame se remplit de mille
sentimens impossibles à décrire. J'eus
bientôt découvert dans la foule des bâti-
mens élevés en amphithéâtre la maison
paternelle, et ces jardins qui rappelaient
tant de choses à mon cœur oppressé, je
me sentis comme électrisé, mille souvenirs amers et doux se présentaient à ma
pensée; j'en étais si ému que j'avais
peine à respirer, mais quelques larmes
involontaires et que je ne cherchais pas
à retenir, vinrent me soulager. Tiridate
aussi, quoique bien éloigné de sa patrie,
ne fut guère moins saisi que moi à la vue
des côtes de l'Asie, théâtre des grands
évènemens qui vont se passer : nous nous
embrassâmes, et dans cet instant solen-
nel, nous jurâmes saintement d'être fidèles à l'amitié et à la vertu. C'est dans
ces dispositions que nous débarquâmes
et que nous nous rendîmes dans la mai-

son de mon père. Il vint à notre rencontre
avec bien plus d'aménité que je ne m'y
attendais; la présence du prince d'Arménie, favori des deux Césars, m'a sans
doute valu cet accueil, et parut lui faire
grand plaisir. Pour moi, sans me laisser
aller à aucune réflexion, je jouis du
bonheur de revoir mon père, plus tendre, plus prévenant que je ne l'avais vu
de bien long-temps; ce fut pour moi une
journée bien heureuse, celle du lendemain ne le fut pas autant : mon père
désirait me présenter à Dioclétien, Tiridate approuva son idée, et trouva la
chose même nécessaire. Ah! Phocion,
quelle répugnance j'éprouvais à faire une
cour basse et servile! que de fois il fallut
envoyer demander, supplier que l'on
daignât nous recevoir! comme mon père
était occupé du soin puéril de notre ha-
billement d'étiquette! Enfin, lorsque
tout fut arrangé convenablement, nous
nous acheminâmes, richement vêtus,
accompagnés de quatre esclaves, pour
nous rendre au palais : je rougissais de

honte et de dépit, je croyais lire sur la physionomie des passans le mépris que nous leur inspirions. Tiridate était infiniment plus résigné que moi. Accoutumé aux usages orientaux, il ne faisait que plaisanter sur lui-même et sur nous. Nous arrivâmes, et nous traversâmes d'abord une suite d'appartemens somptueux et dans le goût asiatique; puis l'on nous fit attendre dans un salon parmi une foule d'esclaves et de courtisans. Attendre, Phocion, trois mortelles heures! et à la quatrième on nous renvoya chez nous sans avoir obtenu audience: le superbe Auguste n'avait pas jugé à propos de nous voir. Ce ne fut que sur l'ordre positif de mon père, et pour ne pas troubler l'harmonie apparente qui règne entre lui et moi, que je me décidai le lendemain à renouveler la tentative humiliante de la veille : cette fois je dus à Tiridate d'être reçu aussitôt. Ah! Phocion, dispense-moi de te dépeindre mes sensations; toi qui as formé mon cœur, tu le connais comme moi-même,

et tout ce que me fit éprouver la présence
de Dioclétien... Je ne puis m'empêcher
d'admirer des talens et un génie tels
que ceux qu'il possède ; je ne lui refuse
point la reconnaissance qu'on lui doit
pour la tranquillité dont l'humanité jouit
depuis son règne ; mais... mais la couronne qui orne son front, et le trône
élevé sur lequel il était placé, fermèrent
mon cœur et mes lèvres : mon père prit la
parole, il me présenta et sollicita pour moi
une place dans les troupes. Je laissai tout
dire en silence et sans proférer un seul
mot ; que m'importe que Dioclétien m'envisage comme un imbécille, ou comme
un rebelle ? Il m'a nommé cependant au
grade de centurion, et après demain je
pars pour l'armée avec Tiridate. La terre
brûle ici sous mes pieds ; quoique je sois
peu accoutumé à la vie et aux usages
des camps, je me trouverai en liberté
lorsque j'aurai quitté ce séjour où tout
me déplaît, et par ce qu'il est actuellement, et par les souvenirs du passé et
de ma Larissa.

Sisenne Statilius a revendu la maison qui touche à la nôtre, un riche citoyen l'a achetée; bien des choses y sont encore exactement comme elles étaient il y a huit ans, j'en ai éprouvé du plaisir et de la peine. Je m'informai du possesseur précédent, de Timantias, mais à peine s'en rappelle-t-on ; cependant quelques-uns prétendent avoir oui dire que Timantias vivait inconnu en Syrie sous un nom supposé, et qu'il est mort depuis quelques années. Ses fils sont dispersés et l'on ignore leur destinée; sa fille..... ô Phocion, comme mon cœur était agité ! elle doit s'être mariée..... Mariée ! je suis donc oublié ! puis-je lui en vouloir ? Cependant cette idée déchire mon cœur. Peut-être est-elle aussi déjà dans le séjour des bienheureux... Ah ! je ne sais laquelle de ces deux idées renferme le plus de tourmens : l'espoir de la retrouver est perdu sans retour, et jamais aucune femme ne la remplacera dans mon cœur, non pas même la trop séduisante Calpurnie. Je me suis séparé de

cette dernière, ne sachant absolument
ni comment la définir, ni que penser
d'elle. Quand je lui annonçai mon départ, elle ne parut ni émue, ni peinée
comme une amie aurait dû l'être, mais
blessée et irritée ; sa vanité souf-
frait de voir un esclave qu'elle croyait
enchaîné pour jamais à son char de
triomphe, essayer de reprendre un moment de liberté ; c'était pour elle une
chose inouie, impardonnable ; elle voulut me punir de cette rebellion en m'accablant de son indifférence et de sa gaîté,
et elle a soutenu cette manière jusqu'à
mon départ. J'ai été frappé bien péniblement de la découverte que je venais de
faire de son caractère vain et peu sensible ; elle, formée par la nature pour
être au-dessus de tout son sexe, si son
amour-propre et sa vanité ne fermaient
pas son cœur à l'amitié... Ah ! Phocion,
j'ai connu une femme qui ne respirait
qu'amitié, amour, modestie, humilité,
oubli d'elle-même... une seule... et où
est-elle maintenant? Lorsque je fis mes

adieux à Calpurnie, il me parut cependant qu'elle tâchait de se surmonter et de me traiter avec intérêt et sensibilité; nous nous sommes promis de nous écrire. Le souvenir de sa beauté et de son amabilité me suivra comme celui d'une journée passée dans la joie, mais je puis assurer à présent qu'elle est sans le moindre danger pour ma liberté; nous ne nous ressemblons pas assez pour nous aimer : les Dieux veuillent la protéger et lui donner un époux digne d'elle, qui sente tout ce qu'elle vaut, et lui voue un amour constant, un culte continuel et une soumission parfaite! Il me reste si peu de temps pour faire les apprêts de mon voyage, que je ne puis pas t'écrire plus long-temps. Adieu, et pense à moi.

~~~~~~~~~~~~~~~~~~~~

LETTRE X Vᵐᵉ.

CALPURNIE A SULPICIE.

Rome, mai 5o1.

Je ne puis sortir de quelques jours, mon père n'étant pas très-bien, mais

mon fidèle Phædo te remettra cette
lettre ; elle en renferme une qui te fera
plus de plaisir que la mienne, et je ne
veux pas le retarder ; je n'en suis ni
surprise, ni jalouse : l'amour, je le
sais bien, marche toujours avant l'amitié. Pour moi, je suis assez heureuse,
ou assez malheureuse (comme tu le
voudras), pour que toutes les lettres
qui me sont adressées me parviennent
librement sans avoir besoin du secours
d'une bonne amie, et sont d'une nature
et d'un style à ce que le monde entier
puisse les lire. Cette lettre de Tiridate
était incluse dans une qu'Agathoclès m'é-
crit de Nicomédie ; elle est remplie de
remercîmens très-bien tournés, pour
les bontés qu'il a reçues dans notre maison ; il me parle de son voyage, il me
donne des nouvelles de Tiridate, mais
pas un mot de relatif à votre liaison ;
il me charge de te saluer, ainsi que
tous ses amis, etc. etc. Enfin c'est une
lettre que je pourrais faire placarder au
Forum.

C'est donc ainsi qu'Agathoclès m'écrit !
il n'a donc rien de particulier à me dire !
Tout, dans sa lettre, annonce et prouve la
parfaite tranquillité de son cœur, et que
tout ce qui a semblé l'émouvoir a glissé
sur son ame sans y laisser la moindre
trace.—Il faut que je te l'avoue, Sulpicie,
j'en ai été surprise et blessée ; mon indigne cœur battait bien fort en ouvrant
cette lettre , mais bientôt il n'a plus été
agité que de colère ; pas un mot de reproche de ma gaîté des derniers jours , pas un
qui décèle un dépit mal caché ; des phrases
simplement polies, ah ! très-polies, sur
le regret de m'avoir quittée.—Bien , fort
bien, Agathoclès, je vous dois de la reconnaissance , et me voilà , grâce au ciel ,
tout aussi tranquille que vous ; ce n'est
pas dans une ame telle que la mienne
que la tempête peut durer long-temps ;
elle est déjà appaisée , il ne me reste
que la leçon de l'expérience , qui me
préservera pour ma vie d'une pareille
illusion , et me fera voir les hommes et
leurs sentimens tels qu'ils sont en réa-

lité, et non pas comme notre imagination trompeuse, égarée, se plaît à nous
les représenter ; elle nous montre un
aigle, un phénix, et c'est presque toujours un oiseau du plus commun plu-
mage.—Mais avouons que notre amour-
propre a bien autant de part à ce pres-
tige que le cœur et l'imagination :
nous sommes flattées de subjuguer un
héros, d'être aimées d'un demi-dieu, et
de devenir ainsi nous-mêmes des divinités; mais le voile tombe bientôt, et
le héros, et le demi-dieu, et la déesse
ne sont plus que de faibles et très-faibles
mortels, guidés par le caprice, l'inconstance, et dupes de leur propre cœur.
Cette découverte est dure au commencement, puis on s'y accoutume, puis
on pardonne en faveur de la connaissance qu'on a acquise du cœur humain;
comme un enfant sage et docile, on
baise la main qui nous a frappé, et on
devient plus raisonnable et moins sujet
à s'en laisser imposer par les apparences.
Voilà, ma chère Sulpicie, sous quel

1.   K

point de vue j'envisage mon roman avec Agathoclès. J'ai été éblouie un instant par la supériorité de son esprit, par l'énergie de son caractère, par l'impression que je paraissais faire sur un homme aussi distingué : à présent je vois que tout cela n'était que des illusions ; Agathoclès est ainsi que tous les autres hommes, un être fort ordinaire, faible contre le pouvoir de la beauté, mais insensible par caractère ou par orgueil, et très-léger et très-inconstant. Convaincue à présent que tel est l'être qui agitait mon cœur, je suis rentrée sans peine dans l'ornière de tranquillité et d'insouciance dont sa présence et son départ m'avaient fait sortir ; j'y suis rentrée avec plaisir, car c'est la situation qui me convient.—Ah! Sulpicie, que ne puis-je verser dans ton cœur une goutte seulement de cette paix intérieure, de cette douce indifférence ! Si je pouvais te faire envisager et le monde et les hommes comme je les vois ; le monde comme un spectacle varié où l'on est tour à tour acteur et

spectateur, et dont on s'amuse jusqu'à
ce que la toile tombe ; les hommes comme de jolis papillons dont on admire les
couleurs bigarrées , qu'on aime à voir
voler de fleur en fleur, mais qu'il ne
faut pas même chercher à saisir, de crainte
de les décolorer : alors , Sulpicie, toutes
ces passions qui nous agitent , nous tourmentent, nous rendent l'existence amère , disparaîtraient ; nous n'exigerions
des circonstances et des hommes que la
portion de bonheur qu'ils peuvent nous
procurer, nous jouirions des bonnes
qualités de ceux avec qui nous sommes
appelées à vivre , et nous ririons de leurs
défauts , que nous saurions bien leur
rendre.

Je pense qu'avec cette façon de voir
les choses , tu n'aurais point été malheureuse avec ton Serranus. Il vient
souvent chez moi, je crois qu'il a envie
de me prendre aussi pour la confidente
de ses peines ; je ne puis pas dire que j'en
aie grande envie : la seule chose qui
m'en plaise , est l'estime qu'il me té-

moigne. — Dans le fond c'est un excellent homme, quoiqu'il soit faible, léger et gâté par la plus mauvaise éducation; il aurait pu vraiment devenir, en de bonnes mains, un homme très - supportable. — Pauvre Serranus ! il se berce de la douce idée qu'avant l'arrivée de Tiridate tu l'aimais, et que tu pourras l'aimer encore si tu ne revois pas ton amant. Plût au ciel qu'il eût raison ! tu en serais mille fois plus heureuse. Je t'assure que, malgré les bornes de son esprit, un époux tel que lui vaut cent fois mieux que ces êtres idéals, ces héros de roman, si fiers de dominer une femme sensible ou passionnée. Uni à une femme raisonnable, un homme tel que Serranus, loin de la dominer, se laisse diriger par elle, et lui abandonne en entier le timon de l'empire; il ne la tourmente point par un sentiment exalté, mais il est reconnaissant de la moindre marque d'attachement.—Ah ! je te le jure, je fais le plus grand cas d'une vie aussi paisible !

C'est donc très-sérieusement, ma chère
Sulpicie, que je te conjure d'écouter la
voix d'une amitié à laquelle tu résistas
trop souvent; cherche à surmonter ton
sentiment, au moyen de l'absence et des
circonstances qui favorisent cette sage résolution : tu ne seras jamais heureuse par
cette passion, non parce que tu n'es plus
libre, puisque le divorce, dont chaque
jour on voit des exemples, peut rompre
le lien qui t'attache à Serranus, non plus
à cause du rang élevé de ton amant et
des obstacles qui pourraient en être la
suite ; l'amour, le courage, la persévérance sauront les aplanir, mais parce que
Tiridate est un homme, et qu'aucun
homme ne mérite d'être aimé comme
tu l'aimes; ils sont tous, oui tous sans
exception, inconstans, sensuels, égoïs-
tes. Ce qui les attire vers nous n'est autre chose que le désir, l'imagination, le
caprice et la vanité : du moment que ces
ressorts cessent de se mouvoir, le cœur
se tait, l'amour cesse, et nous ne sommes
plus rien pour celui qui est encore tout

pour nous. Combien ne voit-on pas de malheureuses femmes s'attacher par leurs propres sacrifices, et conserver une tendresse inextinguible pour un homme, quoique la légèreté, la perfidie, ou une indifférence insultante, soient leur seule récompense.

Ne me taxe pas de cruauté si je vais te dire une vérité qui te paraîtra bien dure ; ne repousse pas le médecin qui, dans l'espoir de te guérir de tes maux, te présente un breuvage amer et salutaire : penses-tu que, sans ta beauté et les obstacles dont tu étais entourée, l'amour de Tiridate aurait été aussi vif et aussi constant ? Que la paix revienne, que ton mariage se rompe ; que Tiridate remonte sur le trône de ses ancêtres et soit en possession de ta main ; que le chagrin, la passion et le temps, ces trois grands destructeurs de la beauté, aient altéré la tienne : et tu verras cette flamme ardente diminuer peu à peu et s'éteindre enfin entièrement. Ils sont tous ainsi, Sulpicie, et celle qui croit faire

une exception à la règle, est trompée;
ce n'est pas son amant qui la trompe, car
le nombre de ceux qui feignent un amour
qu'ils ne sentent pas au moment où ils
le témoignent, est très-rare : ils commencent ordinairement par se faire illusion à eux-mêmes, mais c'est son propre
cœur, son imagination exaltée qui la
rend incapable d'appliquer les idées gé-
nérales du genre humain à un individu
qui l'intéresse; c'est sa vanité qui lui dit
à l'oreille qu'elle mérite une exception.

Pardonne, Sulpicie, si ma lettre t'afflige, celle de Tiridate te consolera; j'ai
cru qu'il était juste de l'attaquer au moment où il pouvait se défendre : hélas!
j'ai bien peur d'avoir perdu ma cause.
Je te prie au moins d'aimer également
ta Calpurnie, elle aurait voulu te faire
profiter de sa triste expérience. Adieu,
bonne et chère amie, nous nous verrons
dans peu de jours.

LETTRE XVIme.,

(Incluse dans la précédente.)

TIRIDATE A SULPICIE.

Nicomédie, mai 3o1.

DES mers, des pays d'une étendue immense nous séparent, ma Sulpicie ; deux
mois d'une longueur insupportable ont
succédé au temps le plus heureux de ma
vie, et m'ont paru plus tristes et plus
sombres qu'une nuit éternelle. Qu'est-ce
que la vie sans toi? A quoi sert l'air que
je respire loin te toi ? Qu'ai-je besoin de
parler à ceux qui ne virent jamais ta figure céleste, qui n'ont jamais entendu
ta douce voix.... Ah ! Sulpicie, je ne
pense qu'à toi, je ne vois que le but auquel je tends et que je veux atteindre :
oui, la plus ardente, la plus pure des passions doit avoir sa récompense ; ce n'est
que dans cet espoir que je puise la force
de rester ici : qu'est-ce qui pourrait

m'empêcher de voler à tes pieds, si le
but de mes efforts et de tous mes sacrifices n'était pas d'obtenir ta main. Ah!
si tu savais avec quelle peine je résiste
au désir ardent de retourner à Rome!
Il me semble quelquefois que le bonheur
de te voir un instant ne serait pas trop
payé de la vie. — O Dieux! ma Sulpicie,
à moi, à moi seul au monde. Tout ce
trésor de bonheur m'appartiendra, j'en
fais le serment; aucune puissance, aucun indigne lien, aucune basse jalousie
ne me privera de toi. Mon bras fera la
conquête du trône de mes ancêtres, mais
je ne le veux ce trône que pour y placer
à mes côtés la femme la plus adorée:
c'est alors seulement, belle et noble Sulpicie, que tu seras à ta place; le ciel t'a
formée pour régner sur mon cœur et sur
mes sujets, et pour faire notre bonheur.
—Arrivez, momens désirés, momens for-
tunés, qui méritez seuls d'être appelés la
vie.... Je m'égare, Sulpicie, mon sang
brûle, mon être entier s'enflamme à l'i-
dée d'un tel bonheur. Etre sans cesse au-

près de toi, me répéter : Elle est à moi ;
ces formes enchanteresses, cette voix si
mélodieuse, ce cœur si parfait, cet esprit
si supérieur, tout, tout m'appartiendra;
Sulpicie sera mon bien, ma propriété :
ô mon amie!.... il faut que j'interrompe
ma lettre jusqu'à ce que je sois plus tranquille. — Mais n'éprouverai-je pas toujours le même délire, la même agitation
en revenant à toi, en traçant ce nom
chéri, en t'adressant mes pensées, en me
disant que ta main, cette main que j'ai
si souvent pressée sur mon cœur palpi-
tant d'amour, touchera cette feuille; que
tes yeux verront les mots que je trace,
que tes lèvres peut-être....Dieux, dieux!
accordez-moi Sulpicie, ou que je cesse
d'exister, car sans elle la vie n'est qu'un
supplice.

J'ai reçu ta lettre, je vois avec désespoir que tu t'inquiètes et te tourmentes;
ne crains rien, ma Sulpicie, ni pour
notre amour ni pour ma vie : j'ai heureusement échappé sur mer à des dangers inouis, cent fois nous avons vu le

moment où notre vaisseau ballotté par
les vents allait se briser contre des ro-
chers menaçans ; mais les Dieux veillent
sur moi : l'heureux mortel destiné au
suprême bonheur ne devait pas être
englouti dans les abîmes des ondes. Sois
tranquille, aucun dard ennemi ne per-
cera ce cœur où ton image est gravée
en traits de feu ; cette conviction sera
mon égide, je puis hardiment défier le
sort : puisque tu m'aimes, rien ne peut
détruire mon bonheur. Tu m'aimes,
Sulpicie, le Destin eût beau nous faire
naître dans des climats si différens, si
éloignés l'un de l'autre, ce même Destin nous a réunis, nous ne sommes point
séparés, car nous parcourons la même
route avec la même espérance, et,
crois-en mes pressentimens, elle sera
réalisée. J'ai dans César Galérius un
ami puissant, qui peut lever tous les
obstacles en rompant ton mariage avec
Serranus ; la politique de Dioclétien
approuve mes projets ; l'armée est d la
meilleure volonté ; mes amis ont été

très-actifs en Arménie ; mon peuple
m'aime ; il n'a pas oublié le bonheur
dont il a joui sous la domination de mes
ancêtres, et les bienfaits qu'il en a reçus ;
le joug des Perses pèse sur lui, il brûle
de le secouer et de se réunir à nos amis.
Dis-moi, Sulpicie, quels seraient tes
motifs de terreur? Courage, ma tendre
amie! Puissent les Dieux m'accorder de
pouvoir verser dans ton sein une partie
de cette assurance qui remplit mon ame,
et la force nécessaire pour supporter le
seul malheur que nous ayons à craindre,
le seul tourment d'une longue séparation !

Agathoclès est aussi lancé dans le tour-
billon de la guerre, Dioclétien l'a fait
centurion ; je pense que l'occupation lui
sera très-salutaire, le loisir dont il jouissait donnait trop de liberté à son esprit
actif. Il a aimé Calpurnie bien plus qu'il
ne le croit lui-même ; cependant, d'a-
près l'intime conviction qu'il ne serait
pas heureux avec une compagne de ce
caractère, il a eu la force de s'en sépa-

rer ; il a éprouvé un violent, combat où
sa raison a été victorieuse ; mais il a été
aidé par le souvenir d'un attachement
de sa première jeunesse : en appelant
cette ancienne passion à son secours
pour se défendre des attraits de Calpurnie, elle s'est renouvelée avec assez de
force. Il a fait, pour en retrouver l'objet, de nouvelles perquisitions qui ont été
sans succès. Le zèle avec lequel il poursuit cette chimère et repousse la douce
réalité, me prouve combien il lui sera
utile de se distraire par des occupations
forcées. J'aime beaucoup Agathoclès, et
je redoute le moment d'une séparation
qui n'est pas éloignée. Je pars pour me
rendre auprès de César Galérius qui
commande le centre, et Agathoclès,
comme centurion, doit aller joindre
Démétrius, qui commande l'aile gauche.
Je te supplie, ma tendre et précieuse
amie, de te tranquilliser, éloigne de
ton esprit toutes ces tristes images qui
te tourmentent ; les Dieux ne veulent
pas séparer nos destinées, puisqu'ils ont

3

uni nos cœurs; il ne sera pas au pouvoir
des hommes d'aller contre leur arrêt.
Dans peu de jours je parlerai à César,
sa volonté toute-puissante détournera
l'orage, et mon bras, n'en doute pas,
saura reconquérir les lieux où le bonheur le plus parfait nous attend. Que
cette perspective, chère Sulpicie, ra-
nime notre courage; elle seule peut me
donner la force de vivre loin de toi.

LETTRE XVIIme.

AGATHOCLÈS A PHOCION.

Édesse, juin 3o1.

Peux-tu te faire une idée, Phocion,
de la situation désespérante d'un homme qui, après avoir été ballotté sur une
mer orageuse, sans espoir de revoir
jamais sa patrie, aperçoit enfin ce rivage
désiré, y touche, croit être à la fin
de ses peines, et qu'un ouragan terrible repousse et jette sur un rocher ina-
bordable, d'où il peut contempler cette

terre natale, si chérie, tandis que ;
séparé d'elle à jamais, il périt de faim
et de misère ?

Telle est l'image trop fidèle de l'état de
ton malheureux ami. Le sort impitoyable
se joue de mes désirs et me condamne à
une épreuve au-dessus de mes forces.....
Je l'ai retrouvée, Phocion, j'ai vu ma
Larissa, je demeure avec elle, un même
toit nous abrite, et je l'ai perdue à jamais : peux-tu comprendre le martyre
que renferme ces paroles ? . . . . Je suis
trop ému pour écrire avec ordre.—Laisse-moi le temps de me remettre.

J'ai combattu de toutes mes forces
pour apaiser l'orage qui tourmente
mon ame, et pour prendre sur moi de
te raconter ce qui s'est passé ; j'aurai
besoin dorénavant d'employer sans cesse
toute la force d'esprit dont je suis capable ; il est bon d'en prendre l'habitude.— Ecoute donc.

Il y a huit jours que, d'après les ordres de Dioclétien, je me rendis à Édesse
auprès du général Démétrius. Mon père

L 4

avait demandé et obtenu que je fusse
sous les ordres de cet ancien guerrier ,
distingué par des faits glorieux , une
discipline exemplaire , et une fidélité à
toute épreuve : c'était sous ses yeux que
je devais faire mes premières armes.
Démétrius me reçut comme je m'y étais
attendu , d'après l'idée que je m'étais
formée de lui, avec une rudesse militaire , mêlée de dignité. Les distrac-
tions et les occupations de mon nouvel
état m'aidèrent à oublier pendant les
premiers jours tous mes sujets de peine ,
et l'ennui de vivre au milieu d'étrangers , loin de ma patrie et séparé de tous
ceux que j'aime. On attendait la femme
du général , il ne peut vivre éloigné
d'elle, et il a voulu qu'elle vînt le joindre dans la villa d'un riche citoyen ,
située aux environs d'Édesse , où il avait
établi le quartier général. Au bout de
trois jours elle arriva ; on ne la vit point,
et l'on ne remarqua sa présence que par
le silence qui régnait dans la partie de
la maison qu'elle habitait, et par la ren-

contre de plusieurs femmes esclaves qui
allaient et venaient : elle passait les
journées entières dans son gynécée, et
personne, que quelques confidens in-
times de Démétrius, n'approchait de
la table où les époux mangeaient ensemble ; même dans les vastes jardins de la
villa, où nous savions qu'elle se prome-
nait quelquefois, elle choisissait de pré-
férence les lieux les plus sombres et les
plus reculés, et personne n'osait se trouver sur son passage et chercher à troubler son goût pour la retraite. Peu
curieux de nouvelles connaissances, sur-
tout de femmes, craignant de déplaire
au général, que son âge avancé rendait
peut-être susceptible de jalousie, je
n'avais pas même le désir de connaître
sa compagne.

Avant-hier, sans songer du tout à elle,
mes rêveries me conduisirent dans la
partie la plus sauvage des jardins : des
pins énormes recouverts de lière forment
un bosquet où le soleil ne peut pénétrer.
Le calme et la fraîcheur de ce site m'enga-

gèrent à y entrer : je n'y trouvai personne, et je voulus me reposer sur un
banc de mousse. Au moment de m'as-
soir j'aperçois sur ce banc une jolie
petite corbeille remplie de bobines de fil
d'or et d'écheveaux de laine pourpre.
Cette vue et le silence de cette solitude
me firent penser que l'épouse du général
avait choisi cette place pour son travail,
et j'étais sur le point de me retirer,
lorsque, jetant encore un regard sur la
corbeille, je fus contraint de rester. Un
souvenir cher et douloureux, une image
délicieuse à peu près effacée, mais qui re-
vivait tout à coup dans mon ame, suspen-
dirent toutes mes facultés : je ne pouvais
cesser de regarder cette petite corbeille;
il me semblait que je l'avais déjà vue,
qu'elle ne m'était pas étrangère. A cette
idée vague se joignirent à l'instant une
foule de sensations et de souvenirs de
mon enfance, jusqu'à ce que j'eus enfin la
certitude que j'avais tressé et fait moi-
même cette corbeille, il y avait plus de
douze ans, pour la donner, toute rem-

plie de fleurs à Larissa, le jour de sa fête.
Agité, ému, je prends la corbeille, je
l'examine, j'écarte les objets dont elle
était remplie, et ma conviction devint
claire et positive lorsque je trouvai au
fond ces mots écrits de ma main, *pour
ma chère Larissa.* — Ah! combien d'années de douleur s'effacèrent de mon esprit! Je crus être au moment où je tra-
çais ce nom chéri, où j'entrelaçais avec
tant de plaisir l'osier flexible, pour donner ce présent à ma jeune amie! Je tenais
cette corbeille, je la pressais contre mes
lèvres, lorsqu'un léger bruit se fit entendre; je me retournai : une femme de
la tournure la plus élégante, vêtue avec
une noble simplicité, et couverte d'un
long voile blanc qui cachait son visage,
était debout à l'entrée du bosquet, et
comme pétrifiée d'étonnement. Au moment où je me retournai, une douce voix,
trop bien connue! retentit à mon oreille:
est-il possible? disait cette voix; mes
yeux ne me trompent ils pas? est-ce Agathoclès est-ce le fils d'Hegesippus? En di-

sant cela, elle s'avançait en relevant son
voile. — O dieux! Phocion, c'était elle,
c'était ma Larissa; nous volâmes dans les
bras l'un de l'autre, pendant quelques
instans nous ne sentîmes que l'inexprimable bonheur de nous retrouver après
huit mortelles années; c'était Larissa que
je pressais contre mon cœur ivre de joie.
Elle relève la tête; son visage était pâle
comme la mort, elle recule d'un pas et me
dit d'une voix extrêmement tremblante :
je suis la femme de Démétrius. Je restai
comme anéanti de l'expression de sa
physionomie, plus que des paroles acca-
blantes qu'elle venait de prononcer. Ma
chère Larissa! lui dis-je en me rappro-
chant d'elle... Non, non, s'écria-t-elle en
faisant un mouvement de sa main pour
m'éloigner, mais en même temps ses genoux fléchirent, sa tête se pencha, elle
allait tomber; je la pris dans mes bras,
et je la couchai sur le banc de gazon. O
Agathoclès, dit-elle, pourquoi t'ai-je
revu? Elle pâlissait toujours plus, je voyais
qu'elle allait perdre l'usage de ses sens,

quoiqu'elle combattît avec force contre son émotion : je voulus appeler ses femmes. Reste, Agathoclès, me dit-elle d'une voix à peine intelligible, laisse-moi mourir près de toi. En finissant, sa voix et ses yeux s'éteignirent, et elle resta sans connaissance dans mes bras. — Dieux ! Phocion, quel moment ! après toutes les peines d'une séparation aussi longue que cruelle, je la retrouve pour la voir expirer sur mon cœur ! Elle ne donnait aucun signe de vie. Je me livrais au désespoir, je couvrais de baisers et de larmes ce visage inanimé, ces lèvres immobiles et glacées ; je n'étais plus à moi, je ne savais ce que je faisais, je n'avais d'autre désir que celui de mourir avec elle.—Enfin, au bout de quelques minutes, elle ouvre les yeux et me regarde. O Phocion ! que de sensibilité, que d'amour dans ce regard céleste, encore éteint à demi !—Non, il ne connaît pas ce que peuvent exprimer les yeux, celui qui n'a pas vu ceux de Larissa fixés sur Agathoclès.

Je la pressais contre mon cœur, je lui disais une bien faible partie de ce que je sentais ; elle m'écoutait en silence sans chercher à s'y opposer, ses yeux toujours fixés sur les miens ; enfin ses larmes coulèrent avec abondance. — Tu ne m'as pas oublié, ma Larissa ! je le vois avec transport, tu m'aimes encore comme autrefois. Elle relève sa tête qu'elle avait appuyée sur mon épaule, ses larmes s'arrêtèrent et son regard devint sombre; elle me repoussa d'une main. Je t'aime, me dit-elle sans me regarder, mais non plus comme autrefois..... Je suis mariée..... Ces paroles tombèrent sur mon cœur comme un poids énorme, je vis et l'excès de mon malheur et l'abîme sur le bord duquel j'étais : les projets et l'espoir de Tiridate vinrent traverser ma pensée et me rendre à la vie.— Vois, Phocion, comme ton élève est faible ! cet espoir que j'avais condamné si vivement devint aussi le mien. — Je me rapprochai de Larissa et je lui dis : Larissa, n'y aurait-il donc aucune possi-

bilité de réunion entre nous ?—Point,
point, répondit-elle précipitamment, et
ses larmes redoublèrent. Je la pressai de
me parler ouvertement ; elle sanglottait
au point de ne pouvoir prononcer un
mot ; mais elle secouait la tête dès que
je prononçais le mot d'espoir. Après
quelques instans elle parvint à se calmer
et se leva debout ; mais sa faiblesse
l'obligea de se rasseoir tout de suite.
Agathoclès , me dit-elle avec une douceur angélique , éloigne-toi , je t'en
conjure ; et ne cherche pas à pénétrer
ma pensée, je suis hors d'état de te parler : ami de ma jeunesse, si tu m'aimes
encore, laisse-moi jouir seule du bonheur
de t'avoir retrouvé ; va , il faut que
j'essaie de me remettre : envoie-moi
dans quelques momens mes femmes, pour
qu'elles me ramènent chez moi, je sens
que je n'ai pas la force d'atteindre seule
la maison. Je voulus lui parler, la soutenir, la persuader de prendre mon bras ;
mais ses mains jointes, et son beau regard
porté vers les cieux, me dirent plus de

choses encore que ses paroles, et m'engagèrent à lui obéir et à me retirer ; je la quittai, et quelques minutes après je me trouvai dans ma chambre sans savoir moi-même comment j'y étais arrivé : ce ne fut que long-temps après que je pus me retracer un évènement qui me paraissait un songe. J'éprouvai peu de consolation de la raison et de la réflexion; cependant je ne voyais pas la nécessité de renoncer à l'espoir d'être uni à ma Larissa. Que de mariages ont été dissous avec le consentement des deux parties ! Ce n'était point ici le cas de Sulpicie, qui donna volontairement sa main à un époux d'un âge proportionné au sien, qui attendait d'elle son bonheur, et maintenant elle veut rompre, malgré lui, le lien qui les unit, pour suivre un amant qu'elle connaît à peine. Larissa est mon amie d'enfance, sur laquelle j'avais des droits avoués par son cœur avant que Démétrius l'eût connue; c'est la jeune épouse d'un vieillard insensible à ses charmes, et qui ne l'estime peut-être qu'à titre de ménagère, et il doit être bien égal à Démétrius que ce soit Larissa ou une autre qui gouverne sa maison. C'est ainsi que je pensais et que je pense encore ; je brûlais d'envie d'en parler à Larissa, de lui exposer mes raisons, et de nous concerter pour notre sort à venir. Je n'ai cessé de la chercher, je suis retourné dix fois dans le bosquet inutilement. Phocion, quelle inconcevable conduite! quelle froideur glacia! ! Depuis avant-hier je ne l'ai pas revue ; elle qui m'aimait autrefois, qui doit connaître et savoir le tourment dont mon cœur est accablé ; elle évite à présent de se promener dans les jardins, sans doute dans la crainte de me rencontrer. — Comment excuser cette conduite ? Est-ce que je ne mérite pas qu'elle me parle au moins, qu'elle se donne la peine de m'éclairer sur ce que j'ignore, de m'apprendre ce qui a une si grande influence sur ma vie? —Non, non, ce n'est plus ma Larissa, ma douce et sensible amie. —Qu'est-ce qu'elle craint? mon amour

1.   M

est passé ; ce qui m'a si fort saisi dans les premiers momens n'était que de la surprise. Qu'elle me fuie, à la bonne heure, nous n'avons rien à concerter ensemble, rien à désirer, rien à espérer. —Mais ne puis-je savoir au moins quel motif a pu la décider à donner sa main à un vieillard qu'elle ne peut aimer, et ce que sa famille est devenue ? Ne donne-t-on pas à une simple connaissance, à la personne la plus indifférente que l'on rencontre par hasard dans un pays étranger, des nouvelles de ses amis et de ses connaissances ? Je ne demande, je ne veux rien autre chose de la femme de Démétrius. — La fille de Timantias doit me raconter ce qu'est devenue mon amie d'enfance, ma Larissa, sa mère, son père, toute sa famille : je pense, Phocion, qu'il n'y a rien là contre ses devoirs. Elle agit autrement, parce qu'elle veut me prouver qu'elle ne m'aime plus, que je ne lui suis plus rien.

O Phocion ! tel est donc le dénoue-

ment tant désiré de la fatale histoire de
ma vie ! mes ardens désirs sont remplis,
j'ai retrouvé celle à qui je songeais sans
cesse, et je suis plus malheureux que
jamais ; plains ton ami et relève son
courage. Adieu.

LETTRE XVIIIme.

LARISSA A JUNIA MARCELLA.

Édesse , juin 3o1.

D'une main faible et tremblante, à peine
capable de tracer mes idées, je veux essayer de te donner de mes nouvelles,
chère Junia ! Peut - être auras-tu beaucoup de peine à déchiffrer ces caractères, que j'en ai plus encore à tracer,
mais il faut que je t'écrive ; j'éprouve
une certaine satisfaction à t'ouvrir entièrement mon cœur, à te supplier de me
soutenir par les conseils de ta sage amitié : c'est tout ce qui me reste, avec la volonté inébranlable d'être toujours digne

M 2

de cette amitié, et de supporter les épreuves que Dieu m'envoie; ne sais - je pas
qu'il frappe ceux qu'il aime! Douce et
consolante pensée! tu m'empêcheras de
succomber sous le poids accablant du
chagrin.

Cinq longues années traversées par des
peines domestiques, par la pauvreté, par
la cruauté des étrangers, venaient de
s'écouler sans que mes ardens désirs,
mes ferventes prières eussent obtenu de
Dieu ce que je lui demandais sans cesse
avec ardeur, la seule chose qui pût adoucir tant de peines, et me rendre peut-
être au bonheur, des nouvelles de l'ami
de mon enfance, de mon cher Agathoclès. — Pourquoi n'ai-je rien appris de
lui lorsqu'il en était temps encore? pourquoi le hasard, ou les passions des autres
ont-elles bouleversé mon sort? pourquoi
ai-je été entraînée malgré mon cœur,
malgré tous mes sentimens? pourquoi,
malheureuse insensée! peux-tu, oses-tu
le demander? Parce que c'était la volonté de Dieu, sans la permission de qui un

cheveu ne peut pas tomber à terre; il voulut sans doute éprouver ma piété filiale. — Sur le lit de mort de mon père, par ses ordres positifs et répétés, je donnai ma main à Démétrius : j'avais alors entièrement renoncé à l'amour, à l'espoir, au bonheur; ne devais-je pas me sacrifier pour donner un soutient à ma famille, à mon père mourant cette consolation, et à moi-même une situation honnête? — Oui, Junia, je devais faire le sacrifice d'un cœur déjà brisé, et j'épousai Démétrius. Depuis trois ans je suis la compagne d'un homme vertueux, mais sévère, impérieux, ayant toute la rudesse des mœurs guerrières. J'ai souffert avec patience et sans jamais m'en plaindre (tu le sais, Junia,) tout ce qu'un caractère aussi complétement opposé au mien m'a fait endurer; j'avais obtenu ce que j'ambitionnais le plus, l'estime de mon mari et une tranquillité apparente; j'offrais à Dieu mes peines, et j'en obtenais du courage et de la patience; je n'étais pas heureuse, mais j'é-

tais calme, parce que j'avais la paix de
la conscience. — Hélas! Junia, j'ai perdu ce bien précieux: plus de calme, plus
de paix, plus de repos pour ta malheureuse Larissa. Il y a quatre jours que
j'étais établie dans un bosquet du jardin
qui entoure la villa où Démétrius a établi sa demeure et le quartier général :
j'étais occupée à préparer des laines et
de l'or pour broder un manteau de
guerre à Démétrius. Cette corbeille que
tu connais, qui m'est si chère et si précieuse, seul reste des heureux temps de
ma première jeunesse, était à côté de
moi : tout en travaillant, mes idées erraient bien loin de moi. J'avais oublié
à la maison quelque chose d'essentiel à
mon ouvrage : laissant ma corbeille sur
le banc où j'étais assise, je courus chercher ce qui me manquait, et je revins
tout de suite ; j'allais rentrer dans le
bosquet, lorsque j'aperçus un jeune
guerrier qui tenait ma corbeille et
l'examinait attentivement. Je m'arrêtai,
je baissai mon voile ; au bruit de mes

pas il se retourna.—O mon amie! peins-
toi, si tu le peux, mon étonnement et mon
bonheur; tout m'assurait que je voyais
Agathoclès, et cependant je ne pouvais
le croire. Je le nomme en levant mon
voile; il prononce mon nom, et je n'ai
plus aucun doute. Je fus, au premier
moment, incapable de réfléchir, la joie
que j'éprouvais m'entraînait malgré moi;
je suivis l'impulsion de mon cœur et je
volai dans les bras de mon ami; son
émotion égalait la mienne : je vis, je
sentis que j'étais encore sa Larissa, et
que je vivais dans son souvenir comme
à l'heureux temps de notre jeunesse,
où, dans notre innocence, nous jouissions
si délicieusement des rapports qui existaient entre nous. O Junia! tout ce qui
s'est passé depuis était effacé de ma pensée : il me semblait être à Nicomédie
dans le jardin de mon père, où je volais
ainsi à sa rencontre quand je le voyais
arriver, je n'avais plus d'autre sentiment
que celui du bonheur d'avoir retrouvé
mon ami. Pourquoi cet heureux moment

ne fut-il pas le dernier de ma vie? Je
l'espérai un moment : tout à coup l'image
de Démétrius et le souvenir du lien sacré qui m'unit à lui, s'offrirent à moi
sous l'aspect le plus effrayant ; à peine
eus-je la force d'en instruire Agathoclès :
je sentis un poids énorme sur mon cœur,
un nuage sur mes yeux, et j'allais tomber en défaillance, lorsqu'Agathoclès
me soutint, me plaça sur le banc, et
resta à genoux près de moi ; mais, Junia,
comme j'étais heureuse ! j'avais tant de-
siré de mourir dans ses bras ! Il voulut
appeler, je le retins, car je croyais que
j'allais cesser de vivre, et je voulais expirer près de lui. Je perdis bientôt entièrement connaissance ; ses tendres soins
me rappelèrent à la vie. — Quelle vie,
ma Junia! Dès que je pus l'entendre et
prononcer quelques paroles, ce fut pour
lui dire que nous étions séparés pour
toujours ; il ne me comprit pas, ses principes sont si différens des miens ! Je le
priai de se retirer, je tremblais de la
prolongation de sa présence et de la fai-

blesse de mon cœur; à chaque regard
que je jetais sur lui je sentais mon courage s'affaiblir. — Enfin sa délicatesse
l'emporta sur son désir de rester, et il
consentit à me quitter. Ah! Junia, c'est
lorsque je le vis disparaître que je sentis
toute l'étendue de mon malheur et du
sien! mes larmes recommencèrent à couler avec une telle abondance, que lorsque mes femmes arrivèrent, elles furent
effrayées de mon état, et presque obli-
gées de me porter. Ah! oui, ma bonne
Junia, je suis bien malheureuse, et cependant avec quelle joie je voudrais
souffrir plus encore, supporter l'impossible, si je pouvais délivrer son cœur du
poids qui l'oppresse! Le sentiment d'être
encore aimée par le meilleur des hommes,
par celui que je chéris depuis si long-temps,
serait pour moi une source de bonheur;
et cependant je peux t'attester que depuis cette entrevue je n'ai cessé de désirer qu'il m'oublie, qu'il retrouve sa
tranquillité, qu'il soit aussi heureux que
son noble cœur le mérite.

1. N

Que puis-je, que dois-je faire maintenant ? Ta raison doit guider la mienne;
ma conscience me répète que chaque
fois que je pense à lui avec amour, avec
passion, je manque à mes devoirs envers
Démétrius, auquel j'ai juré devant Dieu,
amour et fidélité. Amour ! Junia, non
je ne lui ai pas promis de l'*amour*, c'était
bien impossible, et Démétrius, à son âge,
ne m'en demandait pas non plus; mais
je dois lui être fidèle : en cessant de l'être,
non seulement je commettrais un crime
impardonnable, mais je détruirais le
doux lien d'estime mutuelle et de vertu
qui lie mon cœur à celui d'Agathoclès,
Junia, je te l'avoue, c'est sur-tout cette
conviction qui me force de suivre la route
que je me suis tracée, la seule qui me
reste à suivre. Je n'ai pas revu Agathoclès, l'accablement dans lequel je me
trouve depuis cette rencontre, touche
de bien près à une maladie, et me sert
de prétexte pour ne paraître nulle part
et rester dans mon gynécée. Dieu
seul sait ce qu'il m'en coûte pour l'évi-

ter, et le chagrin profond qui me dévore ; mais comment ferai-je dans la
suite ? Agathoclès sert comme centurion
dans les troupes que Démétrius commande ; depuis quelques jours il est
nommé son *légat* (ou aide-de-camp) ;
il demeure dans notre maison, il me
sera bien difficile, peut-être même impossible de continuer à l'éviter et de ne
pas le revoir. Démétrius, qui s'accoutume si peu aux objets nouveaux, eut
d'abord avec Agathoclès (à ce qu'il m'a
dit lui-même) une manière froide et
repoussante ; et tu peux juger de l'indifférence de Démétrius pour lui, par
l'ignorance où j'étais qu'il fût si près de
moi ; mais, pour mon malheur, elle commence à changer : j'entends à présent
mon époux parler avec éloge des connaissances, des mœurs exemplaires,
de l'esprit et du courage du nouveau
légat. Autant j'éprouve de plaisir à
entendre faire l'éloge de mon ami par
un homme aussi sévère et aussi difficile, autant je tremble du moment où

il le recevra dans le petit cercle de ceux
qu'il honore de son intimité. Quelle re-
source me restera-t-il alors? quel combat pour moi! que de peines pour lui!
pour lui que je voudrais savoir si heureux! Il n'est pas possible que cette situation reste la même; elle amènera des
demandes, des explications que je ne
puis pas toujours éviter et que je ne
dois pas donner avec une exacte vérité : Agathoclès ne doit savoir ni combien la femme de Démétrius l'aime encore, ni qu'elle n'est pas heureuse.
Voilà, Junia, ce dont je frémis à l'a-
vance, et ce qui trouble mon existence.
J'ai hésité de découvrir à Démétrius ce
qu'Agathoclès et moi sommes l'un à
l'autre depuis notre enfance; j'ai pesé
d'un côté l'obligation où je suis de n'a-
voir rien de caché pour l'homme qui a
le droit de savoir tout ce qui m'intéresse,
et la crainte d'exciter ses soupçons et
sa jalousie; j'ai pensé aussi combien ses
soupçons auraient plus de force s'il venait à découvrir par hasard que nous

ne sommes pas étrangers l'un à l'autre.
Cette idée m'a décidée à lui parler; je
lui ai raconté tout avec franchise, donnant seulement toujours le nom d'*amitié* à notre liaison enfantine, et ne lui
parlant point du sentiment plus vif et
plus tendre qui y succéda. J'ai cru qu'il
était de mon devoir de lui taire ce qui
pouvait altérer sa tranquillité et lui paraître un reproche : puisque j'étais ré-
solue de résister à ce sentiment, à quoi
bon lui en parler? Il reçut ma petite
confidence à sa manière, et comme une
chose tout-à-fait indifférente en elle-
même, et qui lui faisait plus de plaisir
que de peine. J'ai tout lieu de craindre
qu'il n'en ait que plus d'envie de rapprocher Agathoclès de lui et de moi. —
Ah! Junia, pourquoi te mentir quand
je ne m'abuse pas moi-même ? je l'*espère*
bien plus que je ne le crains : mais sois
tranquille, mon amie, Dieu me donnera
la force de supporter l'épreuve qu'il
m'envoie; il n'exige de nous, ce Dieu
très-bon, que ce qui est en notre pou-

3

voir : je ne puis ni cesser d'aimer Agathoclès, ni l'éviter ; mais je puis soumettre cet amour à la sagesse, à mes
devoirs ; je le puis, et je te le promets.

A présent, je t'ai ouvert mon cœur
jusque dans ses moindres replis ; il me
semble que mon chagrin est moins cui-
sant et moins profond depuis que je te
l'ai confié, parce que je sais que tu le
partageras et l'adouciras : prie Dieu de
ne pas m'abandonner ; c'est en lui, ma
Junie, que je mets mon espérance, et
sur la terre dans ta tendre amitié.

LETTRE XIXme.

AGATHOCLÈS A PHOCION.

Édesse, juin 801.

Tout est fini, tout est dévoilé, je
vois à découvert l'abîme qui s'ouvre devant moi ; je sais que je n'ai plus rien à
craindre, parce que je n'ai plus rien à
espérer ; Larissa est irrévocablement

perdue pour moi ; les devoirs les plus
saints, que l'on n'ose combattre sans se
rendre coupable, sont entre nous. Mon
sort est décidé.

La dernière fois que je t'écrivis, j'a-
vais encore quelque espoir ; le chagrin
que je ressentais de la singulière conduite de Larissa me donna le courage
de tenter une démarche décisive ; je
connaissais la situation de Larissa, la
noblesse de ses sentimens, mais non les
ressorts secrets qui la faisaient agir : je
formai un plan qui nous aurait menés,
lentement peut-être, à mon but ; mon
imagination se ranimait à l'image du
bonheur que je voyais dans l'éloignement ; je brûlais d'impatience de parler
à Larissa, de lui communiquer mes
projets, et de tout arranger avec elle
pour rompre le lien qui nous sépare, et
en former un éternel avec moi. Incapable de m'occuper d'aucune autre chose,
je passai trois jours à méditer sans cesse
mon projet ; je parcourus cent fois les
jardins, je me cachai dans les longs

4

corridors de la maison pour l'attendre;
et toutes les fois qu'une femme approchait, je tressaillais, ne doutant pas que
ce ne fût elle; mais elle ne parut point,
elle ne se laissait voir nulle part. Enfin,
j'appris par Démétrius qu'elle avait été
malade, et forcée de garder la chambre
pendant tout ce temps-là : ô Phocion,
je me tais sur ce que j'éprouvai; mille
idées cruelles vinrent assaillir mon ame
et déchirer mon cœur ; je ne pouvais
plus me contenir , je lui écrivis; un
vieux serviteur de la maison, qui m'a
pris en affection, se chargea de remettre
ma lettre : insensé que j'étais ! je ne
pensais pas aux dangers auxquels j'exposais, et cet homme, et ma Larissa , et
moi-même. Je n'aspirais , je ne pensais
qu'à dire à mon amie ce qui pouvait
nous réunir , ce que j'avais espéré si
son cœur était encore le même ; et pouvais-je en douter d'après la forte impression de notre courte entrevue? Voici
la copie de ma lettre.

COPIE DE LA LETTRE D'AGATHOCLÈS
A LARISSA.

Six jours viennent de s'écouler depuis qu'un hasard extraordinaire nous a réunis après une séparation de huit mortelles années ; ton saisissement me fit espérer un instant que ni le temps ni l'absence n'avaient changé les sentimens de l'amie de mon enfance. Ce ne fut qu'une illusion ; six jours m'ont entièrement désabusé. Larissa a pu les passer tranquillement chez elle, dans la maison que j'habite avec elle , sans chercher à me revoir, sans réfléchir à mes tourmens , à l'anxiété de mon ame , sans avoir ni le désir de me consoler de mes peines , ni l'envie de me parler de sa situation ; elle ne songe pas à moi, et la tranquillité dont elle jouit, le calme de son cœur l'empêchent de sentir les douleurs aiguës du mien. La curiosité même d'apprendre ce qui est arrivé pendant un si long temps, à un ancien ami, à un compatriote , n'a aucune prise sur

elle. Larissa n'est plus que la femme de
Démétrius. Nicomédie, notre jeunesse,
Agathoclès, tout est oublié, tout est
anéanti. — Dieux ! cela est-il possible ?
Ah ! pourquoi ne puis-je t'imiter ? pourquoi mon faible cœur conserve-t-il seul
tous ces souvenirs ? Larissa ne se sou-
vient plus du temps où elle était tout
pour moi, où j'étais tout pour elle. —
Oui, j'ose te le rappeler sans t'offenser,
tu n'étais pas alors la femme de Démétrius, tu n'étais que mon amie. Ce temps
est passé, passé sans laisser aucune trace
dans ta mémoire, comme les ondes du
fleuve qui s'écoule.

Dans le moment où un trompeur
espoir me faisait croire que ma seule
présence avait tout rappelé à Larissa,
je fus assez insensé pour former des
plans de bonheur, pour croire qu'elle
voudrait les entendre, les partager et
les approuver. L'âge de Démétrius, son
caractère froid et sévère qui exclut toute
sensibilité, m'inspiraient cet espoir. Je
voulais m'adresser à lui, lui découvrir

nos relations, nos sentimens. Je voulais... ah ! je comptais alors sur l'amour
constant de Larissa ! puis-je y compter
encore ? A quoi bon te parler de mes
projets et de mon bonheur ? tu ne m'aimes
plus ; à quoi bon tout ce que j'aurais
encore à te dire ? Adieu, ta conduite et
ta réponse, si tu me juges digne de me
répondre , décideront de mon sort : si
je ne t'intéresse plus, je demanderai à
ton époux de me placer dans un poste
éloigné d'ici, et je ne te reverrai plus ;
car je ne puis supporter le supplice de
voir Larissa indifférente pour Agathoclès. Adieu.

Telle est la lettre que je lui écrivis.
Je passai une journée et deux nuits dans
les inquiétudes les plus cruelles sur les
suites que pouvait avoir une demarche
aussi inconsidérée, dont je ne reconnus
le danger que lorsqu'il n'était plus temps.
Enfin, aujourd'hui le vieux serviteur a
paru et m'a remis une réponse ; je la
joins aussi à ce paquet. Lis, Phocion ,
et tu sentiras avec moi que la perte d'un

cœur comme celui de Larissa est irréparable : quelle femme, quelle compagne
elle aurait été pour son Agathoclès !
L'idée du bonheur dont j'aurais pu jouir
avec elle double mon malheur actuel ; je
l'ai perdue à jamais, et sans elle la vie
est pour moi sans valeur.—Lis, et plains
ton ami.

LARISSA A AGATHOCLÈS.

(Incluse dans la précédente.)

Si je n'avais écouté que le premier
mouvement de mon cœur et le désir
si naturel de me justifier à tes yeux,
tu aurais déjà reçu hier ma réponse ;
mais cette réponse devait influer non
seulement sur le moment présent, mais
aussi sur tout notre avenir ; elle doit
décider positivement des rapports qui
désormais existeront entre nous, et
ne pouvait pas être écrite avant d'y
avoir pensé mûrement. Je devais aussi
chercher dans mes tristes souvenirs tout
ce qui s'est passé depuis notre longue

séparation, et cette tâche était à la fois
pénible et douloureuse. Que de plaies
cruelles vont se rouvrir ! mais il est
nécessaire que tu connaisses mon histoire pour juger ma conduite et pour
y conformer la tienne. Ce récit, que
j'abrégerai cependant autant qu'il me
sera possible, sera trop long encore
pour que ma lettre puisse te parvenir
aussitôt que tu l'attends peut-être ; encore une fois, tu vas accuser Larissa,
tu vas être injuste avec elle, mais
Larissa t'aime et te pardonne.

———

Tu te rappelles sûrement mon père
Timantias ; tu sais comme il aimait le
faste et les grandeurs, quel prix il atta-
chait à sa grande fortune, aux jouissances de toute espèce dont il était en-
vironné dans sa belle demeure, et à la
gloire d'être un des citoyens de Nicomédie les plus riches et les plus consi-
dérés. Tu te souviens comment, par un
jugement inique, il fut privé, il y a
huit ans, de son honneur, de sa qualité

de citoyen, de toute sa fortune et de sa patrie ; il se trouva tout-à-coup pauvre, abandonné, méprisé, repoussé dans le monde avec sa malheureuse compagne et trois enfans, auxquels il n'avait plus d'autre héritage à laisser que son déshonneur et sa misère. L'excès de son malheur versa une telle amertume dans son cœur, et changea si complétement son humeur et son caractère, qu'il devint absolument le contraire de ce qu'il avait été ; ce Timantias qui faisait par son esprit, sa gaîté, sa complaisance les délices de la société et le bonheur des siens, devint sombre, misanthrope, et par fois même très-brusque et très-impatient. Il se sauva avec nous dans les montagnes de l'Arménie, où vivait un vieux parent qui lui avait promis un asile en cas de malheur : nous fûmes reçus comme la pauvreté l'est de la richesse ; notre grand-oncle ne nous plaça ni dans sa maison, ni à sa table, ni dans son cœur ; il envoya mon père, comme fermier, dans une de ses terres, située

dans un des climats les plus rudes : c'est
là que dut vivre un homme accoutumé
au climat délicieux de l'Asie mineure,
à toutes les jouissances du luxe, au séjour d'une grande ville ; actuellement
nourri, vêtu comme un esclave, forcé
de travailler de ses mains pour sa ché-
tive subsistance et celle de sa famille.
La différence de situation était trop
frappante : la dernière étincelle de courage et de patience s'éteignit au fond
du cœur de mon malheureux père ; l'humeur, l'impatience, le découragement
amenèrent à leur suite les querelles et
la discorde dans notre misérable chau-
mière, et là commença pour nous une
vie semblable à celle dont nos ancêtres
menaçaient les méchans dans le Tartare.
—Laisse-moi passer rapidement sur les
momens les plus tristes de ma vie ; mon
séjour dans les montagnes de l'Arménie
me paraît un précipice affreux que l'on
n'ose fixer sans frémir.

Enfin, après trois mortelles années, le
ciel, dont nous nous étions crus aban-

donnés, parut un peu s'éclaircir. Malgré la solitude où vivait mon père, il sut, grâce à son génie, entretenir quelques rapports avec un monde qui l'avait repoussé ; il conservait une correspondance avec un ami qui habitait la Syrie. Un jour il entra dans la cabane avec un visage gai et serein, tel que nous ne l'avions pas vu depuis long-temps. Préparez tout , nous dit-il , demain nous quittons pour jamais cette misérable demeure où nous avons tant souffert. Nous craignions tellement mon père , qu'aucun de nous n'osa lui demander la raison de ce changement, malgré notre curiosité ; nous obéîmes avec joie et en silence à ses ordres : la pauvreté est bientôt prête, et dès le lendemain nous nous mîmes en route. Mon père et ses deux fils montaient alternativement un des deux mulets qui nous restaient , et ma mère et moi nous étions dans un mauvais chariot traîné par l'autre.—Ma pauvre mère ! je passe sous silence et ses chagrins et ses fatigues , ainsi que le

déchirement de mon cœur. Nous arrivâmes enfin à Apamée en Syrie : mon
père y loua une maison, petite, mais
commode ; il ne nous dit point la source
d'où il tirait son bien-être, mais nous
vécûmes avec une sorte d'aisance qui
nous paraissait de la richesse, comparée
à notre sort en Arménie. Mon père prit
un nom étranger ; il passait pour un
marchand arménien, d'autant mieux
que, pendant ces trois années de séjour
dans ce pays, il en avait pris l'accent et
le costume, en sorte qu'il était difficile
qu'on eût des soupçons sur lui ; il ne
s'occupait point de commerce, à ce qu'il
nous paraissait, et nous n'osions pas
chercher à pénétrer ses secrets. Au
reste, notre situation domestique aurait
été très-supportable pour moi, dont les
désirs furent toujours très-bornés, si
nous avions retrouvé avec notre aisance
les sentimens d'amour, d'amitié, de
concorde qui régnaient jadis dans notre
intérieur ; mais une fois perdus, on ne
les retrouve plus !

I. O.

Pendant les premières années de notre bannissement, je t'écrivis à plusieurs reprises, attendant tes réponses avec une inquiétude mortelle, mais inutilement; je ne reçus rien de toi; plus rien au monde, que mon cœur ne me parlait d'Agathoclès: à la fin, je cessai de t'écrire, et, dans l'horreur de mon chagrin, je n'eus pour consolation que la triste idée que mes lettres ne t'étaient pas parvenues, et que les tiennes, adressées au coin le plus reculé de la terre, pouvaient facilement s'être perdues. Dès que nous fûmes arrivés à Apamée, je fis de nouvelles tentatives pour recevoir de tes nouvelles, je t'écrivis encore directement, puis sous des adresses différentes, puis à plusieurs de mes connaissances à Nicomédie, sur la fidélité et la discrétion desquelles je pouvais compter; mais tout fut inutile, et pendant plus d'une année je vécus entre l'espérance et le découragement; je ne reçus de réponse de personne, la mort ou un oubli total de ta part furent alors les seules possibilités entre les-

quelles j'eusse à choisir, et l'une ou
l'autre étaient également cruelles pour
un cœur froissé et déchiré : je me sou-
mis de nouveau avec une entière résignation à l'idée d'avoir perdu tout espoir et je traînai patiemment ma triste
existence. Plusieurs étrangers avaient
un libre accès dans notre maison, soit re-
lativement aux occupations de mon père,
soit par le goût qu'il avait repris pour la
société ; la plupart de ces hommes n'é-
taient pour moi que des figures passa-
gères, insignifiantes, et qui ne m'intéres-
saient nullement. Cependant je distinguai
peu à peu deux personnes dans la foule de
nos visites et de nos connaissances. L'un
d'eux était un vieillard respectable, de
près de soixante et dix ans, qui s'appe-
lait Théophon; et l'autre, nommé Appellès, était dans la force de l'âge ; il avait, je
crois, près de quarante ans : ils avaient
encore tout le feu, toute la sensibilité
de la jeunesse, joints à la solidité de
l'âge mûr; l'un et l'autre étaient remplis d'esprit et d'instruction : ils étaient

faits pour intéresser tous ceux qui les entendaient; mais ils avaient, à mes yeux, un attrait de plus, c'était une douce gaîté, accompagnée d'un calme parfait, qui adoucissait chez Théophon l'austérité de la vieillesse, et tempérait chez Appellès la vivacité et la force. Ils me furent chers tous les deux, et je trouvai dans leur entretien, dans leur amitié une source de consolations; Appellès m'instruisait en me racontant, avec tout le feu d'une imagination brillante, ce qu'il avait vu et fait pendant ses longs voyages; et Théophon, avec sa profonde sagesse, m'inspirait du calme et de la résignation. J'eus bientôt l'occasion de me convaincre que leurs vertus n'étaient pas seulement dans leurs propos, mais qu'elles se montraient dans toutes leurs actions, avec amour pour tous leurs semblables, avec dévouement, bienveillance, avec un zèle actif et non interrompu pour tous les malheureux qui réclamaient leur secours. Je m'efforçais alors de profiter autant que possible de leur

société. Lorsqu'après quatre années de
douleur et de peines, je passais une
journée sans que mes larmes eussent
coulé, je puis dire avec vérité que
j'éprouvais un sentiment de contentement
intérieur, et souvent leur aimable et
sage entretien produisit cet effet. Enfin
je me décidai à ouvrir en entier mon
cœur au sage Théophon, et à lui confier,
non pas mon nom véritable et mon sort,
c'était le secret de ma famille, mais
pour relever mon ame abattue et forti-
fier mon courage, mon amour sans espoir, et mes douleurs.——Ah! que ne
puis-je, Agathoclès, procurer à ceux
qui souffrent comme moi, les paroles
de paix qui coulèrent des lèvres de ce
digne homme! De telles consolations, de
telles espérances, de tels encouragemens
ne peuvent être donnés que par ceux
qui sont initiés dans les grands mystères
où Théophon puise sa doctrine et son
éloquence si douce, si forte et si persuasive. Il détourna mon esprit des er-
reurs de ma jeunesse; il me fit voir

dans l'avenir et au-delà de ce monde
d'un instant, un tableau de bonheur
pur et céleste, que je n'avais pu trouver ni dans les opinions de la religion
dominante, ni dans les systèmes de la
philosophie : il me fit voir à moi, pauvre malheureuse, qui n'avais plus rien
à espérer sur cette terre, les jouissances
durables d'une meilleure vie, promise
aux infortunés qui savent supporter les
courtes peines de leur courte existence;
je devais retrouver là les objets de mon
affection, les retrouver pour ne plus les
perdre; ni la mort ni l'absence ne m'en
sépareraient plus; et en présence de l'Etre
suprême et dans la contemplation de sa
grandeur éternelle, devait commencer
une vie de gloire, dont les bornes sont
l'éternité. O toi l'ami de ma jeunesse,
pense à cette vie, à cet espoir. Comment était-il possible qu'un cœur brisé,
dont les tourmens ne devaient cesser
que par la mort, pût refuser de croire
à une si belle doctrine? Je la reçus avec
joie et persuasion : j'allai bientôt plus

loin. Guidée par la sagesse de Théophon,
entraînée par l'éloquence d'Appellès,
je fis de grands progrès dans la connaissance de la vérité, et dans les grands
mystères qu'ils m'enseignaient ; j'appris,
comme eux, à ne voir dans mes semblables que les enfans d'un même père ;
j'appris-même à aimer mes ennemis, et
à prier pour ceux qui m'avaient rendue
malheureuse. Mon cœur prit son essor,
mes idées sur l'humanité et sur sa destination future s'éclaircirent et s'élevèrent ;
les images trompeuses de Divinités avilies,
auxquelles je ne croyais plus depuis long-
temps que par obéissance et non par persuasion, disparurent entièrement à mes
yeux. Un seul Dieu tout-puissant, tout
sage, tout bon, gouvernant et protégeant
le monde, eut seul mon adoration : le
Tartare et l'Elysée n'existaient plus ;
mais cet esprit tout-puissant récompen-
sait ou punissait après la mort, d'après
sa justice divine. Ceci et bien d'autres
mystères qu'il ne m'est pas encore permis de te communiquer, me furent dé-

voilés par Théophon et par Appellès, et
je devins *chrétienne;* car tu sauras que
ces deux hommes sont de la secte de
ceux qui prêchèrent, il y a environ deux
siècles, en Palestine et en Syrie la doctrine de son divin fondateur, qui fut
persécuté, méconnu, poursuivi, et fut
enfin victime de ses ennemis, parce qu'il
voulut l'être. — Mais, encore une fois,
Agathoclès, je ne puis à présent te développer un mystère d'amour et de cha-
rité, que j'adore sans le comprendre; tu
n'es pas chrétien, toi, si digne de l'être :—
et moi, Agathoclès, j'ai le bonheur d'être
chrétienne. Cette doctrine qui me rem-
plissait de terreur avant de la connaître,
me remplit maintenant de joie et d'espérance, je l'ai embrassée avec ardeur. O
mon ami, la religion chrétienne est celle
des malheureux, chacun peut s'y refu-
gier; elle a un baume pour chaque plaie
de l'ame, pour ces plaies si cruelles, et
que la main de l'homme ne saurait
guérir; et quoiqu'elle nous impose des
obligations sévères, elle nous donne, par

l'étendue de ses droits, un sentiment
élevé de notre dignité, puisque nous
sommes *enfans de Dieu*, et de confiance
en nos propres forces, et nous offre, par
l'usage de nombreuses cérémonies, à la
fois touchantes et mystérieuses, les plus
douces consolations, et un courage si
fort au-dessus du courage humain, que
le vrai chrétien sera toujours en état de
supporter les fardeaux dont il peut être
accablé, ou ceux que sa religion lui
impose.

Mais en voilà assez sur les motifs qui
m'engagèrent à embrasser cette sublime
religion, et sur les changemens qu'elle
a apportés dans mes idées : je ne cherche pas à faire de toi un prosélyte, je
veux seulement te raconter tout avec
vérité et simplicité, afin que tu puisses
juger, après cela, de ma conduite. Ma
mère fut ma confidente ; les mêmes
raisons qui m'avaient appelée au sein
du christianisme se firent bientôt sentir
à son cœur ; elle cherchait aussi un soulagement à ses peines journalières, et

1. P

elle le trouva comme moi. Nous fûmes
baptisées l'une et l'autre par Théophon,
qui était un des anciens de la commune;
nous fûmes reçues ainsi au nombre des
enfans de Dieu et des disciples de Jésus-
Christ. Mon père n'était rien moins
qu'un payen zélé, il était trop éclairé;
mais, d'après l'exemple de la cour, il
méprisait plus encore la religion chrétienne : il disait qu'elle n'était qu'à
l'usage des pauvres et des malheureux,
et il ne voulait plus être ni l'un ni
l'autre; il ne fut donc point instruit de
notre démarche, ce qui nous fut très-
aisé, puisqu'il était absent la plupart
du temps, et qu'en général il s'occupait fort peu de nous. Nous fûmes donc
libres ma mère et moi, d'assister en secret
aux assemblées de notre église, aux Aga-
pes : usage digne de respect, et qui t'en
inspirera quand je te raconterai que
toute la communauté, sans distinction
d'état ni de rang, s'assit à la même
table. Les riches fournissent les mets,
et les partagent et les mangent avec les

plus pauvres ; on fait ensuite des con-
tributions charitables , et l'on prend
ensemble des arrangemens pour venir
au secours de ceux qui en ont besoin.
Je dus encore à ma religion nouvelle et
à ces saintes assemblées le premier des
bonheurs de la vie , une amie suivant
mon cœur. — Je distinguai bientôt dans
nos rassemblemens une femme du mérite le plus distingué, Junia Marcella,
qui jouit de la plus grande considération
à Apamée. A l'âge de vingt-huit ans ,
veuve d'un mari adoré , mère de six
enfans en bas âge, jouissant d'une fortune considérable et des avantages d'une
figure céleste, elle s'est vouée à l'édu-
tion des orphelins et des enfans pauvres
de la communauté , et consacre sa vie
à ce noble emploi. Je me liai intimement avec elle , et ce fut avec l'aide de
cette ame toujours ouverte aux maux
de ses semblables, à la fois courageuse
et sensible, que mon cœur si long-temps
abattu se releva : je trouvai enfin ce qui
m'avait manqué depuis notre séparation,

une amie qui m'écoutait , qui me com-
prenait, à qui je pus confier entièrement
les secrets de mon cœur et parler librement de mille nuances que la différence
d'âge, de sexe, et ma timidité m'avaient
obligée de cacher à Appellès et à Théophon , et même à ma mère. Si tu savais
combien je me trouvais heureuse avec
Junia ! comme mon cœur se ranima !
comme tous ses discours, toutes ses actions me prouvèrent d'une manière incontestable la vérité et la sublimité de
notre religion ! Ce fut chez elle que je
vis Démétrius pour la première fois ,
chrétien lui-même, et commandant alors
les troupes en Syrie ; Junia possédait
encore assez de charmes pour captiver
ce guerrier respectable ; c'était l'espoir
d'obtenir sa main qui l'attirait à Apamée : mais irrévocablement décidée à
ne vivre que pour ses devoirs religieux
et charitables, elle refusa les proposi-
tions de Démétrius, et fixa peut-être
son attention sur moi. Mon extérieur
simple et sérieux parut lui promettre ce

qu'il désirait trouver chez sa compagne.
Il chercha à se lier avec mon père et
à s'introduire dans notre maison. Mon
père étoit malade : des malheurs réité-
rés et des passions fougueuses avaient
consumé ses forces, il ne put se remettre, et nous vîmes bien qu'il touchait
au terme de sa vie. La manière dont il
était soigné fit espérer à Démétrius
que je me conduirais de même à son
égard, soit dans les infirmités de la
vieillesse dont il s'approchait, soit s'il
recevait quelque blessure : il se décida
donc à m'épouser, et fit demander ma
main à mes parens par Appellès. Mon
malheureux père, qui ne connaissait que
trop la situation cruelle de sa famille
après sa mort, et l'abandon où il allait
nous laisser, vit dans cette demande un
bonheur surnaturel qu'il n'osait espérer.
Il donna d'abord son consentement, et
ce ne fut que lorsque Démétrius et lui
eurent tout arrangé, qu'il me fit appeler
pour m'annoncer ce qui m'était réservé;
j'en fus effrayée et désespérée : à ge-

3

noux devant mon père, je le suppliai
de retirer sa parole. N'étant point accoutumé à céder à mes prières, il s'en
irrita et il exigea mon obéissance.—
Quel sacrifice, ô Dieu ! il demandait
de sa pauvre Larissa ! Le mariage, chez
les chrétiens, est indissoluble et sacré :
je frémissais à l'idée de former ce lien
avec un homme que je n'aimais point,
tandis que tout mon cœur appartenait
à un autre. Je devins malade; Théophon et Junia venaient souvent me
visiter, je leur confiai mes chagrins ;
Junia pensant encore au bonheur de son
mariage, et sentant combien je serais malheureuse, s'offrit de parler à mon père;
Théophon et Appellès me promirent
aussi leur secours : ils firent ce qu'ils
purent, et jamais mon cœur ne l'oubliera : ce ne fut que lorsque tous
les moyens de fléchir mon père eurent
manqué, qu'ils entreprirent de me préparer à la grande épreuve où Dieu m'ap-
pelait en obéissant. Le vénérable Théophon versa tant de consolations dans

mon ame tremblante , qu'au bout de
quelques jours j'eus la force de venir
auprès de mon père mourant, de lui
obéir et de me sacrifier pour ma famille.
Ce fut ainsi que je devins la femme de
Démétrius, et jusqu'ici je n'ai aucune
raison de regretter une démarche que
la divine Providence a approuvée et ré-
compensée par le bonheur qui en est
résulté pour mes frères , par la tranquillité que cette union a répandue sur
les derniers jours de mes parens, et par
celle que j'éprouve moi-même dans le
libre exercice de ma religion. — O Agathoclès , combien j'eus besoin d'en avoir
une qui m'apprît à pardonner! Après la
mort de mon père , je trouvai parmi ses
papiers toutes les lettres que je t'avais
écrites ; l'affranchi à qui je me confiais
pour les faire partir , gagné par mon
mon père , les lui avait remises ; il me
l'avoua les larmes aux yeux, et m'apprit
que mon père avait une haine invétérée
contre le tien , et ne pouvait supporter
l'idée d'une alliance avec lui ; il lui at-

tribuait, sinon sa perte entière, du moins une nonchalance impardonnable pour le sauver. Je sus alors seulement pourquoi, depuis cinq ans, je n'avais aucune nouvelle de toi ; je fus tranquillisée, il est vrai, par l'idée que tu ne méritais aucun des reproches que je t'avais faits si souvent ; mais je n'en étais que plus convaincue qu'une aussi longue séparation et une ignorance aussi complète de mon sort avaient dû nécessairement affaiblir ou détruire les liens qui te retenaient à moi ; mais je me promis à moi-même de ne plus rien tenter pour me retracer à ton souvenir. — J'étais mariée, j'étais chrétienne et femme d'un chrétien. Comme je te l'ai dit, le mariage n'est point chez nous une simple convention, c'est un serment prononcé en face de Dieu, béni par son ministre, avec la promesse de ne jamais se séparer, et de partager ensemble le bien et le mal : ainsi donc, non seulement le divorce est interdit, mais un sentiment vif pour un autre objet

est un crime; l'ame d'une chrétienne
mariée doit être entière à l'époux que
le ciel lui a donné. Je suis obligée de
te répéter cette vérité, Agathoclès,
pour que tu sois à même de juger ma
conduite depuis le premier instant de
notre entrevue. Ta lettre m'a attendrie ;
toi, l'ami de ma jeunesse, ne crois pas
que tu puisses jamais m'être indifférent, mon Dieu et mes devoirs me
sont seuls plus chers que toi ; mais ils
ne me défendent pas de me justifier à
tes yeux, ni de chercher par mon amitié
à adoucir ton chagrin et à ranimer tes
forces, pour t'engager à supporter avec
résignation l'obstacle insurmontable qui
nous sépare. Pense , mon ami , aux
belles doctrines des sages payens que
nous admirions autrefois ensemble ; rappelle-toi les résolutions que tu formais
alors avec tant d'ardeur , de surmonter
par le courage toutes les épreuves de
cette vie et de maîtriser tes passions.—
Ah ! que ne puis-je te dire là-dessus ce
que ma religion m'inspire ! que ne peux-

tu le comprendre ! Je veux aussi te
tranquilliser sur ma situation : apprends
que l'idée que tu t'es formée du sort de
la femme de Démétrius est absolument
fausse ; je ne suis point malheureuse,
mon époux me respecte et m'estime,
c'est te dire la manière dont on me
traite dans ma maison ; il n'exige pas
plus d'amour de ma part que moi de la
sienne, et, crois-en mon expérience, il
n'est pas nécessaire au bonheur. Je suis
contente de mon sort, le seul souhait
que j'aie à former est de te voir tranquille : crois-tu d'y parvenir mieux en
t'éloignant ? Eh bien, pars, fais les démarches nécessaires.—Pars, mon ami,
fuis des lieux qui renferment des souvenirs cruels et des sentimens coupables.
Lorsque tu seras parvenu à l'état de
calme que je te souhaite, laisse-moi
jouir de cette consolation, apprends-le
moi, et sois sûr que cette douce idée
contribuera beaucoup à ma félicité.
Adieu, cher Agathoclès, ne réponds
pas à cette lettre, cela n'est ni néces-

saire, ni prudent, et, crois-moi, il est
dangereux de parler souvent de ses sentimens. Mon Dieu, qui a dirigé notre
sort d'une manière si étonnante, qui a
permis que nous nous revissions encore
(et sois sûr que c'est pour notre plus
grand bien, puisqu'il l'a voulu, malgré
ce que nous souffrons), Dieu, que j'in-
voque avec ardeur, t'accompagnera et
te conduira; par-tout où tu porteras tes
pas, mes prières, mes vœux te suivront
aussi; et si le plus ardent de tous s'ac-
complit, si la doctrine chrétienne entre
une fois dans ton ame, ah! combien
alors je bénirai le douloureux moment
de notre rencontre, et les maux qu'elle
m'a coûté! Adieu, toi l'ami de Larissa.

AGATHOCLÈS A PHOCION.

Voila la longue lettre de Larissa:
ce fut pour moi une douce, mais triste
occupation de te la copier; j'ai pesé ainsi
sur plusieurs passages que ma douleur

m'avait empêché de saisir d'abord, qui me prouvent qu'elle ne m'a pas oublié et qu'elle m'aime encore autant que je l'adore : — mais je ne peux ni ne dois lui répondre ; que pourrais-je lui dire ? Je suis incapable de tout, que de sentir la perte immense, irréparable que j'ai faite ; je l'ai sentie à chaque ligne, à chaque mot de cette lettre. Avoue, Phocion, qu'une religion qui inspire à une femme autant de courage et de fidélité pour remplir ses devoirs, doit être bien sublime ! Dans ce moment, je la déteste, puisqu'elle me prive de tout espoir, et cependant je suis forcé de l'admirer. Adieu, Phocion : lorsque je serai plus maître de moi et de mes sensations, lorsque je pourrai réfléchir librement, lorsque des espaces immenses seront entre moi et Larissa, si je le puis, je t'écrirai ; jusque-là, adieu.

~~~~~~~~~~~~~~~~~~~~~~~~~~~~~~~~~~

LETTRE XXme.

LARISSA A JUNIA MARCELLA.

Edesse, juin 3o1.

J'AI été mise, ma chère Junie, à une bien forte épreuve. Convaincue que c'est Dieu qui me l'envoie, je n'ose me plaindre; dois-je méconnaître son intention paternelle? Il veut que je souffre, il veut m'imposer des devoirs, dois-je en demander la raison? Il le veut, cela me suffit; je dois supporter tout tranquillement, combattre, agir, comme ma conscience me le dicte; certainement Dieu ne m'abandonnera pas, il soutiendra mon courage, il me fera sortir victorieuse, et si l'épreuve est au-desus de mes forces, si elle doit me coûter la vie, ah! qu'elle sera bien venue l'heure fortunée qui me délivrera des peines de cette vie et m'ouvrira les portes du séjour où il sera permis d'aimer, où je

serai réunie un jour avec ce que j'ai
toujours aimé !

La dernière fois que je t'écrivis j'avais
pris la résolution d'éviter autant qu'il
me serait possible celui que je n'ose plus
aimer, et que je ne puis oublier. Je tins
ferme pendant six jours ; le matin du
septième, le fidèle Anicettas, un ancien
serviteur de mon père, qui m'a suivie,
entra chez moi et me remit une lettre....
J'hésitai quelque temps si je devais la
recevoir, j'avais reconnu sur l'adresse
l'écriture d'Agathoclès : cette écriture
que je voyais avec tant de plaisir au fond
de ma corbeille, m'était trop bien connue ; je tremblais, et encore une fois je
demandais à ma conscience si j'osais recevoir une lettre de lui ; mais la conviction du chagrin mortel qu'il éprouverait
si je la renvoyais, peut-être aussi le
désir ardent de savoir ce qu'elle conte-
nait, l'emportèrent. Je la pris, je m'em-
fermai dans ma chambre la plus reculée ;
je lus, et j'eus la douce certitude de voir
que j'étais encore aimée. — Ah ! Junia,

laisse-moi jouir de ce bonheur, le plus
grand de tous ceux qui sont accordés à
l'homme, d'être aimée de celui que je
chéris depuis mon enfance ; il serait parfait ce bonheur, si je n'y joignais pas
la cruelle idée que ce sentiment le
rend malheureux ; il se flatte d'espérances illusoires, qui le rendront plus
malheureux encore quand il faudra qu'il
y renonce. — O ma Junia ! quelle lettre !
Il finit en me disant que si je ne partage
plus son amour et ses projets, il veut
s'éloigner de moi pour jamais. — Et
puis-je les partager ? moi la femme d'un
autre, moi déjà trop coupable par mes
sentimens, moi qui sens au fond de mon
cœur une flamme que ni le temps, ni
l'absence, ni mes efforts n'éteindront jamais ! O Junia, Junia, je suis tombée,
profondément tombée, je me perds toujours plus, je reconnais que je suis coupable, et je manque de force pour me
vaincre. Vertueuse Junia, viens à mon
secours, sois encore et toujours mon
égide ; je ne veux rien te cacher, tu

liras dans mon faible cœur, tu m'aideras
à triompher d'un sentiment coupable, ou
du moins à le soumettre à mes devoirs :
mais peut-on être coupable, Junia, en
adorant la vertu même sous les traits
de l'ami d'enfance que j'aime depuis
que j'ai senti battre mon cœur ? —Tu le
vois, mes pensées s'égarent, je ne sais
ce que je dis ; je vais imposer silence à
mon cœur et continuer mon récit.

Lorsque j'eus lu sa lettre, je sentis la
nécessité de lui répondre : mais que lui
dirai-je? sera-ce l'épouse de Démétrius
ou l'amie d'Agathoclès qui lui parlera?
Je ne puis ni flatter ses espérances, ni
lui laisser pénétrer dans mon cœur ; je
puis moins encore déchirer le sien, il est
déjà si malheureux ! Je pris et je posai
cent fois la plume avant de pouvoir tracer un mot ; mais lorsque j'eus commencé à raconter à mon ami tout ce qui
m'était arrivé depuis notre séparation,
je ne pouvais plus ni m'arrêter ni finir.
Lis la copie de la longue lettre que je
lui ai écrite deux jours après avoir reçu

la sienne, tu y trouveras bien des traces
de mes larmes.... Je ne sais si je m'a-
buse, mais il me paraît qu'elle est ce
qu'elle devait être; elle lui prouve à la
fois et mon amitié et l'impossibilité d'un
changement quelconque dans notre sort;
je lui fais sentir avec force nos devoirs
réciproques, et je l'invite au sacrifice
que la vertu demande de nous, à la résignation, dont sa malheureuse Larissa a
tout autant besoin que lui. J'ai fait ce
que j'ai pu pour le convaincre que Démétrius me rend heureuse; mon devoir
m'obligeait de parler ainsi, mais j'ai
bien peur d'y avoir été entraînée plutôt
par le désir d'épargner une peine de plus
à l'ami de mon enfance.—Cela n'est pas
bien, Junia, mes devoirs devraient
être au premier rang; mais hélas! j'aime,
j'aime avec passion! Depuis que je connais mon cœur, je n'y ai pas vu d'autre
image, je n'ai aimé que lui seul au
monde, j'ai mille fois fait le serment
que je l'aimerais toujours; mon existence lui appartient toute entière.....

1. Q

et je suis la femme d'un autre! terrible
idée! Que dois-je faire, Junia, qui m'ai-
dera à me préserver de moi-même?

Le soir du même jour.

Je n'ai pu continuer ce matin à t'é-
crire, mon esprit était trop agité; depuis
lors une occupation soutenue et la prière
ont calmé mon ame, et je poursuis ma
narration.

Le lendemain du jour que j'avais
répondu à Agathoclès, et que j'espérais
et craignais tout à la fois qu'il n'exé-
cutât son projet de s'éloigner, Démétrius vint m'annoncer qu'il avait invité
mon compatriote, l'ami de mon enfance,
à manger avec nous. Le peu d'attention
qu'il donne ordinairement à ceux qui
l'entourent, et sur-tout à moi, fut, cette
fois, un bonheur; il ne vit point l'effroi
que me causait cette nouvelle, et j'eus le
temps de me remettre et de me croire
assez bien bien préparée, lorsque après
une couple d'heures Démétrius entra
dans la salle à manger, tenant par la

main Agathoclès. Hélas ! je m'étais fait
illusion : à la vue de l'objet de tant
d'amour, de tant de peines, je faillis à
perdre connaissance, et je fus incapable
de prononcer une parole. Son calme,
son sang-froid me firent rougir ; il s'ap-
procha de moi avec la politesse amicale
qu'on témoigne à une ancienne connaissance. Démétrius parut satisfait de
notre rencontre, il parla plus qu'à l'ordinaire. On apporta les mets, et nous
nous plaçâmes autour de la table. Agathoclès montra un tel empire sur lui-
même, que je pus enfin revenir de mon
émotion et prendre part à l'entretien.
O Junia, quelle ame héroïque ! elle était
à moi cette ame, et je l'ai perdue.....
perdue sans retour !

Il est probable que dans la suite je
verrai souvent Agathoclès : il ne parla
point de son projet de départ, et pour
rien au monde je n'aurais voulu l'inter-
roger là-dessus. Démétrius, sous son
apparence dure et sévère, sait apprécier le mérite ; il distingue Agathoclès

Q 2

de tous les officiers, et donne à son
zèle et à son courage des louanges con-
tinuelles; il est à présent du petit nombre de ceux qu'il admet dans son intimité.—Et voilà, chère Junia, ce que
j'appelle avec raison la plus cruelle des
épreuves. Je voudrais, je t'en fais le
serment, employer toutes les forces de
mon ame à tranquilliser mon cœur, et
le ramener insensiblement dans la voie
du devoir...... Mais le voir sans cesse,
non, Junia, je ne puis plus le voir sans un
danger dont je frémis, ni entendre ses
louanges, ni le son de sa voix, ni me pénétrer toujours de plus en plus de la noblesse
de son ame, qui se peint dans chaque mot
qu'il prononce, et se grave au fond de
mon cœur. Il est résigné, lui, bien plus
que je ne puis l'être. Ah! que les femmes sont malheureuses! Tout les livre
au penchant qu'elles doivent combattre,
et tout en distrait les hommes; au milieu des combats, du bruit des armes,
de la poursuite de la gloire, de mille
occupations multipliées, il leur est facile

de faire taire les passions , et de ne
laisser aucun pouvoir à leur imagination : mais nous, renfermées avec notre
ennemi secret, qui se présente à nous sous
toutes les formes les plus séduisantes ,
que nous reste-t-il à faire pour le fuir ou
l'éviter? Sera-ce par l'entretien insipide
des esclaves dont nous sommes entou-
rées , et par des occupations plus insi-
pides encore ? la quenouille , l'aiguille ,
la navette arrêteront-elles la pensée ?
empêcheront - elles mille impressions
douloureuses de s'amonceler dans notre
cœur? La lecture , la prière ne sont pas
même suffisantes au milieu d'une dé-
votion religieuse , ou des pensées sublimes de quelque livre intéressant ;
l'esprit en désordre s'envole et rejoint
l'objet, qui nous paraît encore et plus
noble et plus beau.

Quelques jours plus tard.

Que n'ai-je ici une amie, un cónseil
qui fût pour moi ce que toi et Théophon
vous fûtes à Apamée! Tu me soutiendrais,

vertueuse Junia , et l'esprit divin du
saint homme détacherait le mien de
l'objet qui l'occupe sans cesse et qui
me rend si coupable ; je retrouverais
avec vous la force de remplir mes de-,
voirs., et la tranquillité dont je suis si
éloignée. Junia , Junia , prie au moins
pour la pauvre Larissa livrée à elle-même , à son ennemi., privée de tout secours
étranger.

L'espoir que j'avais du départ d'Agathoclès est évanoui, le penchant de Démétrius pour lui s'augmente chaque
jour, il lui a donné toute sa confiance
pour des opérations militaires qui l'obli-
gent à rester ici. Je me flattais que mon
époux ne voudrait pas me laisser exposée aux hasards de la guerre , et qu'il
ordonnerait mon éloignement ; je suis
encore trompée dans cette attente. Les
hostilités ont commencé , nos troupes se
sont avancées , il y a déjà eu des ren-
contres , et déjà le sang de Démétrius
et celui d'Agathoclès ont coulé. Tu comprends que ce sont des blessures bien

légères, puisque je n'en ai pas parlé
d'abord ; mais c'est assez pour m'inquié-
ter mortellement, et sur leurs dangers,
et sur ma situation. Loin que Démétrius pense à m'éloigner de lui et du
théâtre de la guerre, il paraît désirer
que j'en sois assez près pour le soigner,
s'il était blessé. Hier, une scène bien
pénible à soutenir, me prouva combien
je suis exposée à me trahir. Démétrius
revint avec Agathoclès d'un combat où
l'un et l'autre avaient été légèrement
blessés ; je fus chargée de les panser.—
Tu n'exigeras pas de moi de te peindre
l'excès de mon saisissement ; la blessure
de Démétrius était à la jambe, celle
d'Agathoclès à la main ; je m'avançais
auprès de lui sans savoir ce que je faisais, je saisis cette main ensanglantée
et mes yeux se remplirent de larmes,
lui-même était dans la plus vive émotion ; cette main que je tenais tremblait entre les miennes, son regard était
si tendre, si expressif ! je ne pus le soutenir , un tremblement me saisit, et je

fus contrainte de m'asseoir. Démétrius
me gronda, il crut que la vue du sang
produisait cet effet sur moi. Larissa,
me dit-il avec humeur, de la banquette
où il s'était couché, quelle est cette
faiblesse ? apprends à te surmonter. La
femme d'un soldat doit être familiarisée
avec les blessures, viens panser la
mienne. Je me levai et me mis à genoux devant le petit lit pour cette opé-
ration ; je ne sais comment je fis pour
y réussir, il loua beaucoup mon intelligence, et me dit d'aller soigner Agathoclès. Je le cherchai des yeux, je le
vis appuyé sur la fenêtre, la tête dans
ses mains. Tu souffres, lui dis-je doucement, donne-moi ta main blessée ; il
se retourna de mon côté. Ah ! Junia,
non, je ne me suis point trompée, les
yeux du guerrier étaient aussi pleins de
larmes, alors les miennes coulèrent avec
abondance. — Viens, lui dis-je dès que
je pus prononcer un mot, il faut que je
panse ta main ; il me suivit auprès d'une
table sur laquelle on venait de déposer

tout ce qui était nécessaire pour l'opé-
ration, et s'assit vis-à-vis de moi : je
m'emparai de sa main qui tremblait autant que la mienne , ses yeux se fixèrent
sur moi , je n'eus pas la force de les
éviter une seconde fois ; je ne détournai
pas les miens , et les larmes qui les rem-
plissaient lui dirent assez ce qui se passait au fond de mon ame : à son tour
il saisit ma main et la pressa sur son
cœur ; mes larmes devinrent si abon-
dantes, que je ne voyais plus ce que je
faisais ; il passa un bras autour de moi ,
et me dit à voix basse : ô ma Larissa !
comment est-il possible de renoncer à
toi ? Mon émotion devint si forte que
je ne pouvais articuler un seul mot ;
mais je parvins facilement à détourner
son bras ; il céda à mon premier mouvement pour me dégager. La présence
de Démétrius , l'idée qu'il pouvait nous
avoir vus , m'anéantit ; je me retournai, heureusement il était placé du côté
opposé et ne pouvait nous voir. Agathoclès comprit le sens de mon mouvement;

1. R

il se recula un peu, son regard se fixa
sur la terre, il me tendît sa main blessée, et je finis ce qui me restait à faire.
Souffres-tu encore beaucoup? lui deman-
dai-je lorsque j'eus achevé, et tenant
encore sa main entre les miennes. —
Les douleurs ont cessé, me répondit-il,
tu m'as guéri ; son regard me dit assez
le sens de ces paroles : il serra encore
une fois ma main, et il sortit précipitamment. Je rangeai aussi vite que possible mes instrumens et mes ligatures,
et me retirai aussi par une autre porte,
pour me remettre quelques instans dans
la solitude avant de revenir auprès
de Démétrius. — Je versai des larmes
brûlantes, et cependant bien douces.
Cette scène ne sera pas la dernière de
ce genre, je ne vois nulle part du secours contre la faiblesse de mon cœur.—
Démétrius, qui a des principes très-sévè-
res sur les devoirs des femmes, et qui
est accoutumé à une foule de soins qu'il
n'aime pas à recevoir de ses domestiques,
exige absolument que je l'accompagne

tant que ma sûreté personnelle ne court
aucun danger : j'ai cherché à le dissua-
der, j'ai feint des craintes que je n'avais
pas ; mais la véhémence avec laquelle il
me répondit, me prouva que je ne pouvais, sans l'offenser cruellement, résister
à sa volonté et le quitter. Je n'ose pas y
penser, je connais par expérience les
suites de sa colère, et je sais que mon
premier devoir est de lui obéir, de le
soigner ; j'ai juré obéissance aux pieds
des autels. — N'ai-je pas juré aussi fidélité entière ? — Ah ! Junia, que devenir ?
Je reste, mais c'est avec le pressenti-
ment que bientôt j'en serai la victime.
Déjà deux fois j'ai été réveillée au milieu
de la nuit par un bruit effroyable ; un
officier entra dans ma chambre sans être
annoncé, pour m'ordonner, de la part
de Démétrius, de tout arranger pour
partir dans une heure avec tous mes gens ;
l'ennemi s'avançait, Démétrius était allé
à sa rencontre, et le temps étant trop
court pour connaître l'issue du combat ;
il était urgent de penser à ma sûreté.

R 2

J'étais si effrayée, que je pouvais à peine
donner les ordres nécessaires. — Démétrius et Agathoclès n'étaient-ils pas en
danger? chaque instant qui s'écoulait
ne pouvait-il pas me priver de l'un des
deux? Enfin , après que tout fut prêt ,
et n'attendant plus que les derniers
ordres pour partir , j'entendis des cris
de joie, et le son de nos trompes an-
nonçant le retour de nos guerriers. Cette
fois, le danger s'est écarté de moi; mais
puis-je y compter toujours ? O Junia !
c'est un surcroît bien cruel à mes maux
que d'avoir à trembler pour ceux qui
me sont aussi chers, c'est même le plus
grand de tous! Adieu, écris-moi, plains-
moi et relève mon courage.

LETTRE XXIme

AGATHOCLÈS A PHOCION.

Du camp devant Nisibis, août 3o1.

U N grand espace de temps s'est écoulé,
cher ami , depuis ma dernière lettre , où

je t'apprenais que je n'avais retrouvé ma
Larissa que pour avoir la certitude
cruelle que je l'ai perdue à jamais, et
que je suis le plus malheureux des êtres;
des jours sans aucun repos succèdent à
des nuits sans sommeil; je sens en même
temps et l'inutilité de ma passion, et
l'impossibilité de la vaincre; chaque jour
que je passe auprès d'elle augmente mon
amour et mon malheur. Phocion, pourquoi les Dieux sont-ils pour moi ainsi
inexorables? Mon cœur est-il coupable,
ai-je mérité les tourmens que j'endure et
la vengeance des Euménides? J'adore, il
est vrai, la femme d'un autre homme ;
mais ces Dieux qu'on veut que je respecte et que j'encense, ne m'en donnent-
ils pas l'exemple? et Jupiter, le roi des
Dieux n'a-t-il pas souvent....... mais
attesterai-je, pour ma justification, ce
que je ne puis croire, et des Dieux que
je suis près d'abandonner? Ce n'est pas
seulement mon amour pour Larissa qui
cause mon trouble et mes combats inté-
rieurs : la religion chrétienne m'interdit

3

jusqu'à l'espoir que la mienne autorise,
elle me sépare pour jamais de la seule
femme que j'aie aimée; et , malgré la
sévérité de sa doctrine et de ses principes, je me sens involontairement entraîné à les admirer , à les respecter.
De tous côtés je vois autour de moi des
êtres dont la croyance me paraissait autrefois ridicule, que je traitais de fana-
tiques insensés, parce que je les jugeais
d'après mes préjugés, d'après tout ce
qu'on m'avait enseigné dès mon enfance;
mais depuis que je vis avec des chrétiens
j'ai changé d'opinion sur leur religion,
j'y ai trouvé les idées les plus grandes et les
plus sublimes, et les espérances les plus
consolantes : chez eux les plus nobles
efforts de la vertu n'ont pour but que
de plaire à un Dieu unique , souverai-
nement saint, qui les voit , les inspire
et les récompense dès cette vie; car,
dans leurs principes, l'homme vraiment
sage et vertueux ne peut pas être malheureux, lors même qu'il immolerait à
son devoir, ou à son Dieu, tout ce qui

lui est cher et précieux ici-bas. Ne serait-ce pas là, Phocion, le résultat des systèmes de nos sages philosophes de l'antiquité ? Ils ont entrevu ces grandes vérités, mais n'ayant aucune base, ils erraient à l'aventure au gré de leur imagination, sans savoir où s'arrêter. Chez eux tout était obscurité, chez les chrétiens tout est clarté ; les philosophes doutaient de tout, et le chrétien croit tout avec une foi vive et une conviction entière ; même sans être de leur secte, on se sent entraîné à admirer leurs principes, à leur envier cette tranquillité, cette paix intérieure, qui émousse pour eux les traits du malheur et ne les abandonne pas même dans les circonstances les plus fâcheuses. Larissa, je n'en suis que trop sûr, ne peut pas être heureuse avec un époux qui n'est pas du choix de son cœur ; sévère quelquefois, même jusqu'à la dureté, il aime sa femme. Qui peut vivre avec Larissa et ne pas l'adorer ? Mais il ne le lui témoigne jamais : eh bien, Larissa ne se permet

4

pas une plainte , pas un murmure; elle
dit qu'elle est contente de son sort. Que
ce soit par ménagement pour Démétrius
et pour ne pas m'affliger qu'elle parle
ainsi , ou par un motif de résignation
religieuse, elle n'en est pas moins sublime à mes yeux ; mais je ne me sens pas
la force de l'imiter : accablé sous le poids
de mes peines, je voudrais briser les
liens de mon existence , et trouver la
paix du tombeau.

Nous avons quitté Edesse ; quelques
avantages gagnés sur l'ennemi nous
ont permis d'avancer jusqu'ici : nous
sommes devant la ville de Nisibis , que
les Persans occupent encore ; Démétrius
en a formé le siége , comptant sur un
renfort que Galérius lui a promis. Il a
ordonné à Larissa de l'accompagner ;
il l'oblige à supporter tous les dangers ,
toute la fatigue de la vie militaire, et
rarement, bien rarement! elle en est dé-
dommagée par la tendresse et par la
reconnaissance de celui à qui elle sacrifie
toutes les douceurs d'une vie tranquille

et paisible. Et moi, Phocion , je suis
condamné à voir, à sentir tout ce qu'elle
doit souffrir; et je dois me taire, et il
faut que je lise, tracé de sa main , et
que j'entende de sa bouche, *qu'elle est
contente de son sort,* de ce sort si différent de celui dont elle eût joui avec
moi, et qu'elle a perdu sans retour! —
Non , je ne puis supporter cette pensée,
je ne puis la voir appartenir à celui qui
ne sent pas la valeur du trésor qu'il possède. J'ai déjà cherché à Edesse à m'é-
loigner, à obtenir une autre destination qui me plaçât loin du cercle dangereux où je suis retenu comme par magie;
mais, bien loin que Démétrius me laisse
partir, je suis du petit nombre des in-
times qui le suivent constamment, et
celui à qui il accorde le plus de confiance:
ainsi je vois Larissa tous les jours, je
suis continuellement le témoin de sa
vertu, de ses combats, de la victoire
qu'elle remporte sur elle-même; mais
aussi, Phocion ! je le suis quelquefois
de sa faiblesse; et c'est alors, c'est au

milieu du bonheur de me sentir aimé,
que je me trouve mille fois plus malheureux encore. Oui, Larissa m'aime,
je le vois, je le sens à chaque instant,
malgré ses efforts pour le cacher. —
Quelquefois cette flamme qui la dévore
perce et me consume. — L'autre jour,
une légère blessure à la main et l'ordre
positif de Démétrius l'obligèrent à s'occuper de moi ; avec quelle tendresse elle
me soignait ! Ses mains tremblantes ser-
raient la mienne pour empêcher le sang
de couler, et ses larmes les inondaient;
tout était oublié, elle ne voyait, elle
n'aimait plus que l'ami de sa jeunesse,
j'avais retrouvé ma Larissa, ma tendre
amie. — O Phocion ! et moi aussi j'ou-
bliais tout, tout jusqu'à la présence de
Démétrius; déjà je la pressais contre
mon cœur, j'allais jurer sur ses lèvres
un amour éternel, son regard m'arrêta;
il se tourna vers son époux , et la foudre
tomba de nouveau sur moi : je crus apprendre seulement alors l'obstacle qui
nous sépare à jamais; et frémissant du

danger où je l'avais exposée, j'évitai,
pendant qu'elle pansait ma main blessée,
ce regard que je ne puis supporter, qui
porte dans tout mon être un trouble,
une émotion que je ne suis plus maître
de cacher. J'ignore s'il existe un mortel
assez insensible pour voir de sang-froid
le regard de Larissa, même lorsqu'il
n'exprime que la simple bienveillance;
et quand c'est l'amour le plus passionné!
Phocion, que tu voies une seule fois les
yeux de Larissa se fixer sur Agathoclès,
et tu comprendras tout ce qu'ils me font
éprouver : jamais aucune femme n'a pu
m'en donner une idée, non pas même
cette dangereuse Calpurnie, que j'ai
craint d'aimer avant d'avoir retrouvé
Larissa. — Combien je me trompais!
Mes yeux seuls admiraient la beauté de
Calpurnie, jamais mon cœur n'a senti
auprès d'elle la moindre des émotions
que me fait éprouver un seul regard de
Larissa; elle n'est pas belle cependant
ma Larissa à côté de la brillante Calpurnie; peut-être, au premier moment,

ne serait-elle pas regardée ; mais celui
qui aura passé un jour avec elle ne voudra plus regarder qu'elle. Sa taille, moins
haute, moins majestueuse que celle de
Calpurnie, a une grâce, une élégance
remarquable, et qu'elle ne doit qu'à la
nature. Son teint peu animé se colore
doucement à la moindre émotion. A
l'exception de ses yeux, dont la coupe,
l'expression, la couleur sont vraiment
uniques, ses traits n'ont rien de frap-
pant, mais tous sont d'accord pour peindre son ame et sa pensée ; avant qu'elle
ait parlé, on devine, en la regardant,
ce qu'elle va dire, et sa physionomie est
le miroir de chaque impression qu'elle
éprouve : ainsi la bonté, la sensibilité
sont son expression habituelle ; mais
lorsqu'un sentiment plus exalté se joint
à cette expression, se peint dans ce regard vraiment céleste, quel mortel pourrait y résister? J'ose avancer que s'il en
existe un, le prix de la vertu n'est pas
pour lui, puisqu'il faut qu'il soit dénué
de toute sensibilité.

Huit jours plus tard.

I l y a long-temps que je n'ai reçu de tes nouvelles , peut-être qu'en temps de guerre les lettres se perdent aisément. Nous sommes encore devant Nisibis , mais ce ne sera pas pour long-temps , la ville est cernée de tous côtés ; depuis quelques semaines Démétrius attend chaque jour inutilement le renfort que César Galé-rius lui avait promis : il ne peut plus ré-sister à l'impatience , aux murmures , au désir du soldat d'enlever la place d'as-saut ; il est d'ailleurs urgent que cette affaire se décide , la chaleur et les mala-dies commencent à se faire sentir dans notre camp. Si le renfort n'arrive pas bientôt , et que l'assaut manque , nous serons forcés de nous retirer et d'aban-donner honteusement une entreprise commencée avec courage, et d'une grande influence pour l'issue de cette guerre. Si Nisibis n'est pas à nous , j'avoue que j'es-père peu de cette campagne. Il est d'ail-leurs positif que l'ancienne inimitié entre

Galérius et notre général, est plus que suffisante pour faire manquer l'entreprise d'assiéger Nisibis, que Démétrius a formée sans y réfléchir assez, et dont il pourrait bien être la victime. Galérius sacrifiera tout pour perdre l'homme qu'il déteste. La haine invétérée de Galérius pour les chrétiens est le motif de celle qu'il porte à Démétrius. Toûjours fidèle à sa religion, et cherchant à la répandre autant qu'il le peut, Galérius poursuit par-tout ces sectaires, et voudrait les anéantir; et sans la politique de Dioclétien qui les protége, je ne doute pas que nous ne vissions bientôt une persécution généralement établie contre eux, et leur sang couler par torrens; j'en frémis, car je ne puis m'empêcher de les aimer : ma Larissa n'est-elle pas une chrétienne?

Deux jours plus tard.

Ce que nous devions craindre depuis long-temps et que nous n'osions nous avouer, est devenu une certitude; Galérius ne nous envoie aucun renfort, il

a l'esprit assez vil pour sacrifier à ses passions, à sa vengeance l'armée et le sort
de la guerre ; nous sommes abandonnés ;
mais Démétrius trouve, dans sa fermeté
et dans celle de ses troupes, suffisam-
ment de forces pour arriver au but dont
la haine voulait l'écarter. Demain l'assaut commence; les béliers, les cata-
pultes, les échelles, et tout ce qui est nécessaire pour cette expédition dangereuse
est prêt, l'armée est de la meilleure volonté. Un exprès que j'expédie te remettra cette lettre et le rouleau ci-in-
clus, qui contient mes dernières dispositions sur ma fortune : qui sait si jamais
nous nous reverrons ? J'ai devant moi
une journée imposante : mon dévouement et mes supplications ont enfin obtenu de Démétrius de me placer au poste
le plus dangereux. Cette confiance m'honore, et ce danger me promet ou une
réputation brillante, ou, ce que je pré-
fère mille fois, le seul remède à mes
maux; j'attends donc tranquillement le
lendemain.

Il est minuit, tout est calme, un être charmant, j'ose le croire, veille en même temps que moi, et prie pour la conservation de mes jours. O Larissa! lorsque demain tu apprendras peut-être que ton ami n'existe plus; tes combats pénibles feront place à la sensibilité, tu oseras verser quelques larmes pour l'ami de ton enfance. Console mon père, Phocion. Si son fils unique est frappé, il retrouvera un instant toute sa tendresse paternelle; alors quitte Athènes et reviens à Nicomédie : mon testament renferme mes intentions à cet égard; ton esprit doux et tranquille , ton dévouement le dédommageront de la perte de ses trois fils morts à la fleur de leur âge , et il oubliera bientôt celui qu'il a le moins aimé : ainsi, Phocion, tous ceux qui me furent chers gagneront à ma mort, et personne n'en souffrira: le temps sèche toutes les larmes. Adieu, Phocion, je sens dans mon cœur que nous nous reverrons : de quelle manière, sous quelle forme, je l'ignore encore ; mais demain peut-être,

un dard , un cimeterre , me donnera
l'heureuse faculté de le savoir avant toi ,
et d'aller t'attendre dans un meilleur
monde.

~~~~~~~~~~~~~~~~~~~~~~~~~~~~~~~

LETTRE XXIIme

LARISSA A JUNIA MARCELLA.

> Du camp devant Nisibis,
> septembre 301.

DEMAIN , à l'aube du jour , Nisibis sera
attaqué d'assaut , Démétrius conduit
lui-même son armée. Agathoclès, à force
de prières, a obtenu le poste le plus
dangereux. Je comprends très-bien le
vœu de son cœur, *la gloire ou la mort :*
telle est sa devise ; son ame forte trouvera dans l'une ou dans l'autre le calme
dont il a besoin.— Mais ta Larissa, chère
Junia , que deviendra-t-elle après le
jour affreux qui se prépare ? C'est ce
dont personne ne s'occupe, et moi-même
bien moins encore. Je puis aussi peu
écrire que penser avec quelque suite.

1.   S

Depuis deux mois je n'ai rien reçu de toi, Junia ; et demain peut - être tu m'adresseras en vain les paroles de ta tendre amitié ; je ne pourrai plus les entendre : mon cœur est si oppressé! Tantôt je sens circuler mon sang avec véhémence, l'instant après il me semble déjà glacé. J'ai beaucoup souffert en ma vie , mais jamais je n'avais éprouvé une telle angoisse ; je ne puis pas même prier, je me prosterne, mais pas une idée nette ne se présente à mon esprit, et je ne fais que gémir ; les larmes, seul bien qui reste aux malheureux , me sont aussi interdites ; ma tête brûle, et pas une larme ne vient la rafraîchir. — Prie pour moi , Junia... que veux-je? dans quel but? Hélas ! bien avant que cette lettre te parvienne mon sort sera décidé ! Ma main tremble si fort, que je ne puis plus écrire. Adieu.

LETTRE XXIII.me

LARISSA A JUNIA MARCELLA.

Nisibis, septembre 301.

LA coupe amère du malheur a passé
cette fois loin de ton amie ; Nisibis est
conquis , et Démétrius et Agathoclès
vivent encore : ce dernier n'a point de
blessures, et mon époux, grâces en soient
rendues à Dieu, n'en a que de légères.
Ah ! mon amie , je me trouve si heureuse , et cependant combien de dangers
m'entourent encore ! mais je les oublie,
et je ne cesse de rendre des actions de
grâce à l'Être-Suprême, qui m'a conservé
deux êtres si chers à mon cœur , et m'a
préservée du désespoir. Il a plu à la Providence, dont les vôies mystérieuses ont
toujours dirigé ma vie, de former entre
mon ami et moi un nouveau lien. Ce sentiment, qui me paraissait si condam-
nable, est à présent justifié ; il m'est

S 2

permis de l'aimer., de le chérir comme
un bienfaiteur ; Démétrius doit la vie à
la fidélité, au courage, au dévouement
d'Agathoclès : ô Junia , quel sentiment divin renferme cette idée ! Il m'est
permis de l'aimer, de le regarder comme
un frère , et j'ose lui montrer cette amitié si pure , cette reconnaissance si tendre; loin d'être un crime , elles sont de-
venues un devoir. Junia , je suis satis-
faite, je ne demande plus rien ; et quand
même mon bonheur actuel ne devrait
pas durer long-temps, j'aurai du moins
été heureuse pendant ce court espace :
ce moment m'appartient; l'avenir, quel
qu'il soit, ne peut me priver de ce rayon
de lumière qui a ranimé mon existence ;
il me donnera la force de supporter les
malheurs qui m'attendent, car je vois
déjà l'horizon qui s'obscurcit, — mais non
pas pour moi, Junia. Démétrius et Agathoclès vivent encore, et tout est bonheur pour ta Larissa. Je vais te donner
quelques détails sur cette mémorable
journée.

Malgré les dangers de son poste, Agathoclès fut le premier qui escalada les mu-
railles. — Tu me permettras de passer
sous silence cette scène de carnage et de
mort. Après un combat de deux heures,
nos troupes entrèrent dans la ville, leur
commandant à leur tête : Démétrius,
d'un autre côté, réussit aussi dans son entreprise ; mais comme l'ennemi s'était
attendu que l'attaque aurait principale-
ment lieu sur ce point le plus faible de
la place, il rencontra une plus grande
résistance, et le combat fut de part et
d'autre d'une opiniâtreté sans exemple.
Ce fut ainsi que les nôtres arrivèrent
jusque sur une grande place, où la gar-
nison fit payer cher chaque pouce de
terrain que nos troupes lui enlevaient.
Démétrius, qui était enfin maître de
cette place, vit sortir tout-à-coup d'une
petite rue un corps de troupes ennemies,
très-supérieur en nombre. Il fut attaqué avec impétuosité ; ses braves soldats tombaient autour de lui : il se
défendait presque seul contre cet essaim

en fureur , et il allait succomber. Un
des siens eut la présence d'esprit de se
rendre auprès d'Agathoclès, et de l'aver-
tir du danger qui menaçait son général.
Oubliant toute considération personnelle , dédaignant jusqu'à la gloire de la
victoire qu'il avait remportée , il ras-
sembla à l'instant quelques soldats dé-
voués , et, mille fois au risque de sa vie ,
il se fit jour à travers l'ennemi pour
arriver à Démétrius ; il le joignit au
moment où mon époux , déjà tombé ,
allait recevoir le coup mortel , et il para
de son cimeterre l'arme déjà levée sur
la tête de Démétrius , et le couvrit de
son bouclier. Il défendit ainsi sa vie au
risque de la sienne , jusqu'à ce qu'un
renfort arriva , et permit au vertueux
Agathoclès de soigner celui qu'il venait
de sauver ; il le porta lui-même dans
une maison voisine , et ne s'occupa que
des arrangemens nécessaires pour soulager le bessé. Dès que l'ennemi eut
entièrement évacué la place , il m'envoya un exprès, avec tout le ménagement

dont son cœur est susceptible. Je volai vers Démétrius, que je trouvai, il est vrai, faible et souffrant, mais de très-bonne humeur, satisfait de la victoire, et plein de reconnaissance pour *son sauveur*, comme il se plaisait à nommer Agathoclès : il m'ordonna de le regarder comme un frère et comme un ami ; et il me fut bien doux d'obéir.

Le lendemain de mon arrivée à Nisibis, j'ai reçu une lettre de toi, qui a été bien retardée sans doute par mon changement de domicile. Tu m'y parles avec tout l'intérêt de la véritable amitié, joint à la sévérité d'une vertueuse chrétienne, sur ma situation ; non seulement tu me conseilles , mais tu me demandes avec instance de fuir un danger auquel tu crois que je succomberais infailliblement : tu ne trouves d'autre moyen de me sauver, qu'une séparation totale et prompte avec celui que je ne puis m'empêcher d'aimer. Tu exiges, cruelle amie ! que je me rende coupable de désobéissance envers Démé-

trius, que je m'expose à sa colère, à
ses reproches, plutôt que de m'exposer
à revoir le dangereux ennemi de mon
repos et de ma vertu.

Je ne nie point que cette séparation
n'eût peut-être été très-salutaire si elle
avait pu s'effectuer tout de suite. Toi,
Junïa, tu en aurais eu la force, et depuis le premier jour où le hasard t'aurait présenté celui que tu n'aurais pas
cessé d'aimer, tu ne l'aurais plus revu.
—Mais moi, je ne suis pas encore une
Junïa, et..... ne me gronde pas, je t'en
conjure, je ne puis me soumettre à un
devoir aussi cruel, et je ne crois pas
en avoir besoin : d'ailleurs cela ne
me serait plus possible ; Démétrius est
extrêmement malade, non pas de sa
blessure, mais d'une fièvre qui lui est
survenue et qui ne lui permet pas de se
lever. La volonté du ciel est clairement
prononcée : je dois rester auprès de mon
époux malade et lui consacrer mes soins.
Mes rapports avec Agathoclès ont tout-
à-fait changé ; cet embarras, cette

gênes ont cessé depuis qu'un nouveau
lien, celui de la reconnaissance, autorise
et cimente notre attachement réciproque. Démétrius traite à présent Agathoclès avec l'amitié d'un père ; il ne
peut se passer de l'avoir auprès de lui,
il partage mes soins : mon époux paraît
recevoir ceux de son légat avec autant
de plaisir au moins que les miens : ô
Junia, que je suis heureuse ! Lorsque
Démétrius sommeille, il s'établit alors
entre Agathoclès et moi une conversation sur le passé, qui le rend présent
à mon cœur ; nous nous entourons
de souvenirs aussi purs que touchans :
celui de sa respectable mère, à qui nous
avons tous les deux tant d'obligations,
revient sans cesse, et nos larmes cou-
lent ensemble ; elle se place encore entre
nous deux comme aux jours de notre
heureuse enfance, elle sanctifie notre
attachement, en bannit tout ce qui res-
semblerait à la passion, et nous jouis-
sons avec délice du bonheur de nous
aimer encore avec autant d'innocence

1.   T

que lorsqu'elle nous réunissait dans ses
bras maternels. Démétrius se réveille
et sourit de plaisir en nous retrouvant
près de lui : nous lui faisons une lecture,
ou nous entamons un entretien intéressant, dont le sujet ordinairement est
notre sainte religion, ses dogmes et sa
doctrine. Tu sais que Démétrius est un
chrétien comme il y en a peu, et que
son zèle ardent lui a déjà suscité bien
des chagrins ; malgré cela il ne peut se
modérer : il cherche à persuader notre
ami de la vérité de cette sainte doctrine,
et du bonheur assuré qu'elle lui promet
dans l'autre vie, s'il a le courage de
l'embrasser... Et Agathoclès ? ah ! Junia,
comme cela me fait du bien ! Agathoclès paraît persuadé de la sainteté de
notre religion, bien plus que je n'osais
l'espérer. Démétrius, qui réfléchit sur
son état en homme sage et qui ne se
fait aucune illusion, a désiré, en dernier
lieu, de recevoir la communion. Toute
notre maison assista à l'auguste céré-
monie, sans en excepter Agathoclès,

quoi qu'il lui fût impossible d'y prendre part comme chrétien. Je vis qu'il
était très-ému, et édifié de la piété qui
régnait dans l'assemblée ; il se mit à
genoux en même temps que nous, et il
offrit au *Dieu inconnu* son tribut d'amour
et d'admiration : c'est ce qu'il m'a dit
ensuite. Jamais, Junia , il ne m'avait
encore paru aussi intéressant , aussi
vertueux, aussi digne d'être aimé que
dans ce moment - là ! je me sentis ir-
résistiblement entraînée vers lui : ah !
j'aurais pu en présence de tout le monde,
et de mon époux lui-même , lui avouer
mon amour pur et saint. Je lui dis que
j'avais prié mon Dieu avec ardeur pour
lui et pour son bonheur , et que je le
faisais tous les jours ; je vis ses yeux se
mouiller de larmes : il prit ma main , il
la pressa en silence contre son cœur , et
il se retira précipitamment. — M'a-t-il
comprise, Junia ? sait-il ce que j'ai voulu
lui dire , et quel bonheur je lui désire ?

O ma Junia ! laisse-moi verser dans
ton cœur mes espérances , mes projets

T 2

mes plaisirs : je fus malheureuse si long-
temps ! Ne m'en veux pas si un rayon salutaire vient éclairer mes jours, et si je
me laisse entraîner à sa douce et consolante lumière.

Rien n'est hasard dans ce monde, tout
est destin, tout est dirigé par une Providence qui donne à la nature entière
des lois immuables, qu'il ne lui est pas
plus possible d'enfreindre que de rappeler le jour d'hier : tout nous entraîne
vers un but sublime, tout concourt à
l'accomplissement de la volonté suprême
du grand Être. Il ne résulte pas de cette
incontestable vérité, que nous soyons
forcés d'agir comme des machines ;
l'Être-Suprême nous a doués d'une raison et d'une conscience ; et sous la conduite de la première et l'inspection de la
seconde, de la liberté de choisir et de
rejeter, de concourir aux vues du grand
Tout ou de nous en éloigner, de faire
ainsi notre bonheur ou notre malheur
individuel ; mais nous ne pouvons rien
changer à la chaîne des évènemens. Nos

actions sont ou grandes ou rétrécies, ou
coupables ou vertueuses, suivant l'empire que nous laissons prendre à nos passions; mais nous pouvons concourir, pour
notre part, au but toujours noble, toujours élevé que Dieu se propose. Je puis
donc m'abandonner à la douce idée que
les évènemens qui viennent de se succé-
der, sont tous arrivés pour le but que
Dieu se proposait à l'égard d'Agathoclès. Pourquoi, parmi tant de généraux
sous lesquels il pouvait servir, s'est-il
trouvé précisément associé à celui auprès
duquel il a retrouvé son amie d'enfance?
pourquoi a-t-il été par cela même rap-
proché d'une famille composée des plus
zélés chrétiens? pourquoi fut-il appelé
à conserver la vie à Démétrius, à obtenir son amitié? pourquoi ta lettre, qui
m'aurait peut-être engagée à Edesse, à me
séparer de lui à tout prix, ne m'est-elle
parvenue que lorsque ce sacrifice m'é-
tait impossible? Toutes ces circonstances
se sont réunies peut-être pour qu'Agathoclès devînt chrétien, et pour lui ac-

3

corder ainsi ce qui lui manquait pour
être aussi parfait que peut l'être un
mortel. Agathoclès chrétien ! Junia ,
pense à cette vertu sévère , à cette ame
si noble , si élevée , à cet esprit si supérieur, fortifié par le christianisme. Je ne
me plaindrai plus de mes peines , je souf-
frirai tout sans murmure ; je n'ai pas
trop payé ce moment de bonheur , de
huit ans de sacrifices.

Ta lettre me fait espérer l'arrivée
d'Appellès, mon respectable instituteur;
il n'est point encore ici : je comprends
que la guerre, la destruction qui en est
la suite, et notre changement de demeure aient retardé son arrivée. Combien je désire de le voir ! J'espère beaucoup du pouvoir de sa foi et de son éloquence si persuasive sur l'ame d'Agathoclès : si Appellès réussit à achever ce
grand ouvrage , c'est une obligation de
plus que j'aurai à ton amitié et aux soins
paternels de Théophon. — Vous m'en-
voyez Appellès pour soutenir mon courage, et quel frère, quel associé il va

vous donner ! Assure Théophon de ma
tendresse filiale, dis-lui que mon esprit
est actuellement plus tranquille. Démétrius se trouve mieux, et l'attribue à nos
soins; j'éprouve une joie, un contentement qui me rappelle mon heureuse enfance : pour la première fois, depuis huit
ans, je pense à l'avenir sans crainte et
sans terreur. Quoi qu'il puisse m'arriver,
je suis prête à le recevoir avec soumission ; et l'objet auquel je dois renoncer,
j'y renoncerai sans murmure : et c'est
beaucoup.... J'aurais été la plus heureuse de toutes les femmes : — Dieu ne
l'a pas voulu. S'il me veut pour lui, pour
lui seul, m'est-il permis de m'en plaindre ? Adieu, ma Junia.

LETTRE XXIVme.

AGATHOCLÈS A PHOCION.

Nisibis, septembre 3or.

Je vis encore, j'ai été trompé dans mon
attente de voir finir mes combats et mes

4

peines ; une nouvelle existence a commencé pour moi, elle est entre la félicité des Dieux et les tourmens du Tartare ; ils se succèdent l'un à l'autre avec une telle rapidité, que je crains de perdre la raison : la nature doit succomber enfin sous les efforts auxquels je suis condamné.

Il fut un temps où l'idée de voir continuellement Larissa m'aurait entraîné à mille extravagances pour surmonter les difficultés ; j'aurais tout sacrifié pour lire dans son cœur, pour entendre les doux accens de sa voix. Je pense et sens encore de même, Larissa est toujours pour moi l'objet le plus cher et le plus précieux ; je la vois à chaque instant, je lui parle sans cesse ; elle ne me fuit plus, elle m'écoute avec bonté, elle me témoigne de l'attachement, de l'amitié, j'ose dire même de l'amour, quoiqu'elle croie le cacher avec soin ; et malgré cela, Phocion, loin d'être heureux, je suis en proie aux tourmens de l'enfer : elle ne se doute pas du mal qu'elle me fait et de mon désespoir.

Ma dernière lettre te disait que nous étions à la veille de donner assaut à Nisibis; c'était une entreprise bien hasardée avec aussi peu de troupes, et le renfort qu'on nous avait promis nous ayant manqué : tout dépendait du succès, nous étions perdus si nous n'avions pas réussi; et si la victoire était à nous, il en résultait un avantage immense pour l'armée. La veille, je pris congé de Larissa, l'esprit troublé par mille inquiétudes; ce pouvait être le dernier moment de mon existence, et je le désirais; tout, au contraire, m'annonçait les craintes mortelles de mon amie. — Un sentiment délicieux vint inonder mon ame et me rattacher à la vie, puisque j'étais aimé.

Le lendemain, nous conduisîmes nos troupes à l'assaut. Tu sais, Phocion, que dès ma jeunesse je n'ai pas redouté la mort, que je l'ai affrontée mille fois, et que je la regardais comme une amie qui vient nous délivrer de nos peines; mais ici elle se présentait à moi de tous côtés sous les formes les plus hideuses : je

voyais des hommes acharnés contre d'autres hommes , contre leurs semblables ,
se la donner avec mille tourmens. La
nature fut révoltée, et j'étais honteux
de commander à de tels monstres , et
d'être obligé d'ordonner cet affreux carnage. J'escaladai la redoute, marchant
sur les cadavres de mes compagnons
d'armes, de mes braves soldats, de mes
amis, qui tombaient de tous côtés sous les
coups des ennemis ; j'échappai par miracle.... O Phocion ! qu'est-ce que c'est
que la valeur tant vantée des héros ?
étourdissement, insensibilité et bonheur.
Pourquoi ne fus-je pas percé d'une flèche,
écrasé par une pierre, tandis qu'autour
de moi ils tombaient par centaines? Eux
qui sans doute désiraient plus que moi
de vivre, qui le méritaient mieux, dont
la valeur plus éprouvée aurait été plus
utile que la mienne, ils sont morts et
déjà oubliés ! Je vis, et on vante mon
courage et ma prudence : qu'ai-je donc
fait de plus que tant d'autres victimes?
et pourquoi moi, précisément moi ? O

Phocion ! que n'ai-je péri devant Nisibis !

Je venais de pénétrer dans la ville à
la tête d'un petit nombre de braves gens
qui m'étaient restés, lorsque je vis accou-
rir à moi un soldat blessé, pour m'a-
vertir que Démétrius avait perdu tous les
siens sur la grande place, où les ennemis
l'avaient cerné, qu'il en était entouré,
et qu'à moins d'un miracle il allait succomber et perdre la vie. Je quittai sans
balancer mon poste, au risque de perdre
le fruit de tant de peines, pour voler au
secours de l'époux de Larissa. La Providence exauça mes vœux, et, tu peux
m'en croire, jamais on n'en forma de
plus désintéressés ; l'ennemi fut dis-
persé : Démétrius, qui se défendait avec
une valeur au-dessus de son âge contre
un gros d'ennemis, tomba au moment
où je l'eus atteint, couvert de blessures
et affaibli par la perte de son sang ; je
le couvris de mon bouclier et je retins
l'ennemi jusqu'à ce qu'un renfort vînt
nous tirer de peine. Démétrius fut

transporté dans une maison voisine. Un offcier sur qui je pouvais compter fut envoyé par moi à Larissa, pour lui apprendre avec ménagement les blessures de son époux, et l'accompagner jusqu'à la ville. Elle vint aussitôt ; Démétrius la reçut avec plus de tendresse que je ne l'en croyais capable, et me présenta à elle comme son sauveur. — Phocion, j'avais cru aimer Larissa de toutes les puissances de mon ame, j'avais admiré cette figure si intéressante et si expressive, mais je ne la connaissais pas encore : au moment où elle apprit que son mari me devait la vie, elle vint à moi les bras ouverts, les joues couvertes d'une douce rougeur, les yeux.... Ah ! qui peindra les yeux de Larissa animés par l'amour et la reconnaissance ? En présence de son époux, elle me serra dans ses bras, et prononça, d'une voix entrecoupée, les noms de frère, d'ami, de bienfaiteur. Ah ! Phocion, qu'elle était belle et combien je l'adorai ! Un tremblement général me saisit, je sentais un feu brû-

lant circuler dans mes veines ; avec transport j'aurais consenti d'expirer à l'instant même, pour oser la presser contre
mon cœur, et lui dire ce que j'éprouvais : mais lui rendre simplement son
amitié fut au-dessus de mes forces, et
je craignis de n'être plus le maître de
mes transports, si je me laissais aller à
lui en témoigner la moindre partie. Je
restai donc comme une statue, sans mouvement, sans proférer une parole ; c'était
le seul moyen de cacher à elle et à Démétrius l'ardeur qui me consumait, et
l'orage qui tourmentait mon ame. Elle
ne comprit point mon silence et n'a aucun soupçon des tourmens que j'éprouve
depuis ce moment-là.

Heureuse Larissa ! elle m'aime aussi,
je n'en doute pas ; mais la pureté de son
sentiment lui donne le change sur sa nature : elle donne à notre relation actuelle
le nom d'amour fraternel ; elle croit
m'aimer comme la plus tendre sœur, et
s'y abandonne sans réserve aux yeux
même de son époux, dont la bonté pa-

ternelle pour moi l'encourage : il voit
avec plaisir que sa femme témoigne à
son sauveur une estime particulière, et
trouve fort naturel que des amis d'enfance soient sur un ton amical et fami-
lier. O Phocion ! quelle paix, quelle
innocence doit régner dans l'ame de
Larissa ! puisqu'elle peut s'abandonner
à son sentiment sans crainte, se tromper elle-même sur sa nature, et ne pas se
douter des peines que j'éprouve. Lorsque près du lit de son mari, elle s'occupe
de lui avec une sollicitude filiale, et
qu'elle a passé des heures pénibles dans
l'inquiétude et la fatigue, elle s'assied
vis-à-vis de moi et me regarde avec une
douceur inexprimable ; je vois alors le
contentement se peindre dans tous ses
traits ; elle trouve la récompense de ses
peines dans un moment de doux entretien avec son ami ; je vois alors cet éton-
nant mélange de grandeur et d'innocence, de raison et de sensibilité, qui se
montre à chaque mot qu'elle prononce :
je pense à ce qu'elle aurait été pour moi,

à ce qu'elle est à présent pour un autre. Je sens que je dois à elle, à son époux de cacher le feu qui m'embrase ; et voilà, Phocion, ce-qui est absolument au-dessus de mes forces. Je ne puis pas supporter plus long-temps cette contrainte, je dois la fuir si je veux conserver ma raison et ton estime, et rester fidèle à mes principes.

Démétrius a encore d'autres motifs pour me retenir auprès de lui ; je soupçonne qu'il a conçu le projet de me persuader d'embrasser le christianisme : il fait tout ce qu'il peut pour me présenter cette doctrine sous le jour le plus respectable ; mais ne suffit-il pas que ce soit la religion de Larissa pour me la faire aimer et respecter ? Depuis que je vois, et les vertus sublimes qu'elle inspire à cette femme vraiment céleste, et la manière de vivre des chrétiens, je n'ai plus de prévention contre eux; j'estime même une grande partie de leurs dogmes. Mais devenir chrétien, faire partie d'une secte si généralement méprisée, c'est à quoi je me déciderai difficilement, du moins pendant la vie de mon père, et tant que les chrétiens n'auront pas surmonté la foule de préventions dont on les accable. Je crois qu'on leur fait tort en grande partie, mais je suis loin cependant d'une entière persuasion; et malheur à celui qui abandonne la religion de ses ancêtres, sans être complétement convaincu! J'ai assisté à quelques-unes de leurs cérémonies; elles m'ont, je l'avoue, pénétré de respect et d'attendrissement; et si c'était le but de Démétrius, je dois convenir qu'il a réussi : mais combien je fus plus touché encore, quand Larissa, avec une expression de sensibilité dont il est impossible de se former une idée , vint me dire qu'elle avait prié son Dieu pour mon bonheur , et qu'elle le lui demandait tous les jours ! Phocion, entendre ces paroles sortir d'une bouche adorée , et rester en apparence insensible , et ne pas tomber à ses pieds pour lui jurer un amour éternel, est un effort de vertu

dont je ne serai plus long-temps capable.
Tôt ou tard je me trahirai, je le sens ;
ce n'est qu'à force de combats que je
garde encore devant Démétrius ce mas-
que trompeur d'indifférence, près de
tomber à chaque instant ; et combien
de malheurs seraient la suite d'un seul
moment de faiblesse pour Larissa, pour
Démétrius, pour moi-même ! Je veux
fuir, je le pense et je le dois. Du moment
que Démétrius sera assez bien pour soutenir une conversation avec moi sur ce
sujet, je le prierai instamment de me
rendre ma liberté ; si , comme je le
crois, il s'y refuse obstinément, alors un
ordre de César , que j'obtiendrai par
l'influence de Tiridate, terminera tout.
Je m'éloignerai à tout prix de ce séjour
dangereux, et je retrouverai, j'espère,
les forces qui sont prêtes à m'abandonner.
Phocion, tu retrouveras ton élève digne
encore de toi et de ton amitié.

———————

1. V

~~~~~~~~~~~~~~~~~~~~~~~~

LETTRE XXVme

CALPURNIE A AGATHOCLÈS.

Rome, septembre 3o1.

Il y a si long-temps, mon aimable ami, que nous n'avons reçu réciproquement de nos nouvelles, que je suppose que tu me crois dans l'Elysée ou dans le Tartare ; c'est aux Dieux à décider lequel des deux je mérite. J'aurais eu les mêmes doutes à ton égard, si les bruits publics n'avaient pas remplacé l'activité de correspondance qui manque à notre fragile amitié ; ils m'assurent que tu es encore au nombre des vivans et comblé de gloire : la renommée parle de toi comme d'un héros, et je t'avoue que je prête une oreille attentive lorsqu'elle m'apprend les faits mémorables de l'ami.... de notre maison. Cependant je me suis rendu justice, et j'ai senti qu'une lettre de femme ne devait pas

risquer d'arriver sur le champ de ba-
taille, et de sauver peut-être la vie à
quelque ennemi. Tu n'attribueras qu'à
ce scrupule patriotique que je n'aie pas
répondu à ta dernière lettre, datée de
Nicomédie, où tu me mandais que tu
partais pour l'armée. Nous savons à
Rome tout aussi bien que toi tout ce qui
s'est passé ; j'aurais donc gardé encore
mon courageux silence, mais un devoir
impérieux, celui de l'amitié pour une
femme malheureuse, m'engage à mettre
de côté toute autre considération, pour
réclamer de ta générosité des secours,
ou tout au moins des conseils en faveur
de mon amie.

Il m'est infiniment pénible d'être obligée d'accuser un homme que tu regardes
comme ton ami, et qui peut-être est
estimable à tout autre égard : combien
d'hommes pleins d'honneur et de droi-
ture avec les autres hommes se permettent d'en manquer avec les femmes !
C'est de ton ami, c'est d'un être de ton
sexe dont je viens me plaindre à toi ;

juge par là de la confiance sans bornes que j'ai dans ta justice et dans ton impartialité.

Tu connais les rapports qui existaient entre Sulpicie et Tiridate ; lorsqu'il quitta Rome ce printemps, les droits de Sulpicie à sa fidélité étaient incontestables : elle la méritait par un amour sans exemple et des sacrifices sans nombre, et par l'espérance d'être unie à lui par un nœud légitime, fondée sur les sermens les plus sacrés et les plus solennels.—Il partit, et laissa Sulpicie en butte aux reproches et aux mauvais traitemens de ceux qui avaient des droits sur elle, et qui se croyaient permis d'employer tous les moyens pour empêcher cette union. Il ne pouvait s'abuser sur les malheurs de toute espèce dont elle serait la victime pendant leur séparation : un mari d'un esprit commun et rétréci, l'environne d'un avilissant espionnage, et ne lui laisse de libre que la pensée : un père dur et barbare l'accable des reproches les plus cruels et les moins mérités. Sulpicie est

la plus vertueuse des femmes, car il y
a bien plus de mérite à celle qui résiste
à une passion telle que celle qu'elle ressent et qu'elle inspire, qu'à suivre froi-
dement la ligne du devoir sans avoir à
combattre; elle aime passionnément pour
son malheur, mais le cœur seul..... A
quoi bon te dire ce que tu sais aussi bien
que moi? Tiridate n'a sans doute rien
eu de caché pour toi, et tu connais la
nature d'une relation, que tu jugeais
une fois avec trop de sévérité. Peut-être
que tu penses à présent différemment,
et qu'une expérience tardive t'a rendu
plus indulgent pour les faiblesses du
cœur; quoi qu'il en soit, j'espère au moins
que tu seras entièrement de mon avis :
la persévérance et la constance dans son
amour et dans ses projets pouvaient les
justifier à tous les yeux, et dédommager
un jour la pauvre Sulpicie de ce qu'elle
souffre. Que doit-elle éprouver, cette
femme infortunée, lorsque de tous côtés
elle entend dire et confirmer que le léger
Tiridate, enfoncé dans la volupté asiati-

que, entouré de femmes séduisantes et
faciles, va sans réflexion de l'une à l'autre, s'enivre de plaisir dans une cour
dépravée, et n'a plus un moment pour
s'occuper des affaires les plus importan-
tes, du trône de ses pères et du bonheur
de celle qui s'est sacrifiée pour lui et
qui vit dans les larmes. Tu verras par
une lettre que je t'envoie, que ma
pauvre Sulpicie est captive à Baies, où
ses persécuteurs la retiennent pour la
priver des consolations que mon amitié
lui offrirait : tu verras ce qu'elle souffre.
L'esprit rétréci de Serranus redoute mon
influence, et Sulpicius ne voit en moi
qu'une rusée médiatrice : mais aussi comment serait-il possible que l'ame grossière
de ces deux hommes, qui n'éprouve et
ne croit à aucun sentiment vertueux,
pût s'élever à la belle idée que l'on peut
s'aimer véritablement et avec une parfaite pureté ? Cela seul doit plaider en
faveur de Sulpicie, aussi la plaint-on
généralement bien plus qu'on ne la blâ-
me ; tandis que l'homme pour lequel elle

souffre toutes ces persécutions l'oublie
dans les bras des courtisannes asiatiques,
et lui fait souffrir des tourmens mille
fois plus cruels encore par l'idée de son
infidélité, que ses parens par leur bar-
barie.

Je veux bien croire que la renommée
a beaucoup exagéré les torts de Tiridate,
et qu'on a supposé bien des choses qui
n'existent pas ; mais quand il faudrait
en rabattre la moitié, il en resterait
encore assez pour rendre Tiridate bien
coupable : il l'est d'autant plus à mes
yeux qu'il joint la fausseté à la perfidie ;
car il écrit encore souvent à Sulpicie des
lettres très-passionnées, mais qui ne la
rassurent pas ; elle les lit à présent avec
une disposition, un doute qui empoisonne
chaque parole, et chaque réflexion est
un coup de poignard pour ce cœur si
blessé et si sensible, qui n'avait d'autre
consolation que sa confiance dans celui
à qui elle l'a donné.

Dans cet état des choses, et dans
l'incertitude où nous sommes sur les vrais

sentimens de Tiridate, je m'adresse à toi,
et j'espère tout de la noblesse de tes
sentimens , de ton amitié pour moi et
pour Sulpicie , et de tes relations inti-
mes avec le prince d'Arménie. Avant
tout, je te prie de te procurer des ren-
seignemens exacts sur la vie qu'il mène
et sur ce qu'il pense ; je remets ensuite
à ton jugement et à ta sensibilité le
soin de faire les démarches que tu croiras
convenables , sans exposer ni compro-
mettre mon amie. Conduis cette affaire
comme tu le voudras; je remets en toute
confiance entre tes mains le sort de ma
Sulpicie , et j'attends de toi , sinon des
secours, du moins du soulagement et des
consolations.

Mon père et mes frères se portent à
merveille, et me chargent de mille ami-
tiés pour toi. Si tu trouves nécessaire de
me répondre , n'oublie pas, je te prie,
de me mander où tu séjourneras. Nous
ne savons pas toujours à Rome où nos
armées se trouvent , et un légat n'aura
peut-être pas toujours le bonheur de

vivre dans la maison de son général, de partager ses plaisirs et ses peines, et de pouvoir dévouer sa vie à tout ce qui le touche......Salut à celui qui m'entend.— Je n'en suis pas moins ton amie, à la vie, à la mort.

~~~~~~~~~~~~~~~~~~~~~~~~~~

LETTRE XXVIme.

(Incluse dans la lettre précédente.)

SULPICIE A CALPURNIE.

Baies, septembre 3or.

Avec toutes les peines et les sacrifices imaginables, qui me coûtent plus que je ne puis le dire, je suis enfin parvenue à gagner un de mes esclaves, qui m'a promis de te faire remettre cette lettre. —Grands Dieux ! moi corrompre des gens pour les faire manquer à leurs devoirs et désobéir à leur maître ! A quel abaissement me force la juste défense de moi-même, qui est permise, même aux êtres les plus faibles ! — Moi qui

abhorre toute espèce de détour et de
trahison, je suis obligée de tromper,
de m'abaisser à la prière, pour rendre
un esclave infidèle à son maître...... O
Dieux ! Dieux ! quelle situation ! Je suis
près de succomber à mon désespoir.—
Mourir, ce n'est rien ; les portes de la
mort sont toujours ouvertes, et celui
qui sait mourir n'a pas besoin de tromper : mais vouloir mourir, et ne pas le
pouvoir ; n'être seule dans aucun moment, suivie à chaque pas , écoutée à
chaque mot, n'avoir pas un tiroir, pas
un meuble qui ne soit ouvert et visité
plusieurs fois dans la journée; être privée
de tous les moyens de faire finir une
situation aussi désespérante ; secouer ses
chaînes dans une rage impuissante, sans
pouvoir les rompre : voilà la position la
plus affreuse qu'une mortelle puisse
éprouver. On a découvert, pendant que
j'étais encore à Rome , que je recevais
des lettres d'Asie par ton entremise, et
que ma liaison avec Tiridate existait
encore : Serranus et mon père se déci-

dèrent alors d'user de la plus grande
rigueur. Je fus traînée dans cette solitude, où l'on me traite en criminelle;
on se fait un devoir de me rendre la vie
aussi amère qu'il est possible; et cependant, malgré le désespoir où l'on me
livre, je pourrais encore, au milieu de
tant de maux, jouir du bonheur suprême.

Oui, Calpurnie, je le répète, plus on
s'obstine à me rendre la plus malheureuse des femmes, et plus je pourrais
être heureuse si j'étais encore aimée :
bonheur ou désespoir, voilà quelle est
l'existence d'une ame sensible et passionnée. ——En vain le sort s'acharne contre
elle et l'accable des persécutions les plus
cruelles, elle oppose à ses coups ce seul
mot, *je suis aimée*, et le malheur s'é-
vanouit pour faire place au sentiment le
plus délicieux, et ce qu'on souffre pour
celui qui vous aime devient une jouis-
sance. Celle qui possède en entier un
cœur et qui peut s'y reposer en toute
confiance, ne peut pas être malheureuse;
quel que soit son sort, on ne craint plus

aucun danger, aucun sacrifice, rien ne
coûte pour ce qu'on aime ; que tout dans
la nature, que les Dieux même soient
contre elle, que lui importe ? elle aime,
elle est aimée..... Insensée que j'étais,
comment ai-je pu me plaindre lorsqu'un
enchaînement de circonstances naturel-
les éloignait de moi mon Tiridate ? Je
croyais être bien malheureuse, et ce
n'est qu'à présent que je le suis ; mes
plaintes étaient injustes, et mes peines
des bagatelles, en comparaison du martyre qui me consume. — J'étais aimée
et j'osais murmurer ! O Dieux ! rendez-
moi ce temps où je n'avais à pleurer que
son absence, où je vous importunais de
prières inconsidérées pour me le rendre.
—Ah ! ce n'est plus lui que je vous re-
demande, c'est son amour, c'est ce cœur
qui ne battait alors que pour moi. *J'étais
aimée et je ne le suis plus !* cruelle,
affreuse idée, qui me déchire comme
un feu dévorant ! Aucun langage ne
saurait exprimer le supplice renfermé
dans ces mots : *Je ne suis plus aimée.*

C'est là, tu peux m'en croire, le seul
malheur que l'on puisse éprouver en
aimant, oui, le seul véritable; tous les
autres sont des chimères. Pendant deux
jours j'ai nourri le trompeur espoir que
mes persécuteurs avaient imaginé ces
calomnies pour me détacher de Tiridate ;
mais à présent j'ai des preuves incontestables que tout est vrai, et que je suis
la plus infortunée des femmes. Marcius
Alpinus de Nicomédie, un homme froid,
raisonnable, qui voit les choses telles
qu'elles sont, et qui n'a nul intérêt à en
imposer sur une chose qui lui est aussi
indifférente, a écrit à un de ses amis à
Rome, et mon frère a obtenu cette lettre de la personne à qui elle est adressée:
deux des plus belles femmes de la cour,
mariées, et du plus haut rang, partagent avec les courtisannes les plus renom-
mées, les hommages de celui que je regardais déjà comme ma propriété, et
qui m'a juré tant de fois que j'étais pour
lui la seule femme dans l'univers. —
Illusion trompeuse! Sermens, honneur,

fidélité, la gloire, le trône même, tout a disparu à ses yeux éblouis par la volupté, et Sulpicie doit être bien complétement oubliée, puisqu'il l'a sacrifiée à des indignes rivales si différentes d'elle.

O Calpurnie, que ne puis-je perdre avec ma raison, avec ma mémoire, le sentiment de ce qu'il était autrefois, et le désespoir de l'avoir perdu ! Je ne veux plus vivre, je ne veux plus traîner une existence inutile et détestée. M'aimes-tu encore, Calpurnie ? Le monde où tu vis t'a-t-il laissé un cœur pour la compassion et pour l'amitié ? Si tu es encore mon amie, je t'en demande une preuve ; procure-moi une goutte, une seule goutte de cette liqueur bienfaisante et terrible, qui coupe à l'instant le fil de la vie, et ce dernier instant sera pour te bénir.—— *Je ne suis plus aimée.* Oh ! pourquoi ne suffit - il pas de cette parole pour m'anéantir ?

FIN DU TOME PREMIER.

ERREUR A CORRIGER.

PLUSIEURS lettres de ce volume sont datées de *Bajaé*; c'est une erreur de copiste, il faut lire *Baiœ*, ou plutôt *Baies*. Baies était une petite ville d'Italie, située entre le promontoire de Misène et Puteoli, aujourd'hui Pouzzole. Comme les environs, et sur-tout les bords du golfe de Baies, offraient des promenades charmantes et des vues admirables, les riches Romains y possédaient des *villa* ou maisons de campagne vastes et magnifiques; et c'était là qu'ils allaient oublier les inquiétudes de l'ambition, et dissiper dans un luxe effréné les trésors dont ils avaient dépouillé tant de peuples.

www.ingramcontent.com/pod-product-compliance
Lightning Source LLC
Chambersburg PA
CBHW061430030726

47503CB00005B/1358